16,80

Bingo, Ingo!

Die Deutsche Bibliothek – CIP-Einheitsaufnahme
Ein Titeldatensatz für diese Publikation
ist bei Der Deutschen Bibliothek erhältlich

Oelemann, Christian:
Bingo, Ingo!
ISBN 3 522 17349 X

Einband- und Innenillustrationen: Markus Grolik
Einbandtypografie: Michael Kimmerle
Innentypografie: Bettina Wahl
Schrift: Rotis Serif und Rotis Sans Serif
Satz: KCS GmbH, Buchholz/Hamburg
Reproduktionen: Die Repro, Tamm
Druck und Bindung: Friedrich Pustet, Regensburg

5 4 3 2 1* 00 01 02 03 04

Thienemann im Internet: www.thienemann.de

CHRISTIAN OELEMANN

BINGO, INGO!

MIT BILDERN VON MARKUS GROLIK

THIENEMANN

Samstag, 19. Dezember

Hi, Max!

Das ist wohl das erste Mal, dass du einen Brief von mir bekommst, wenn ich mich nicht schwer irre. Ich hoffe, es nervt dich nicht. Ich gewöhne mir gerade das Schreiben an. Dafür werde ich ab jetzt grundsätzlich nicht mehr zum Telefon greifen. Dieses blöde Teil! Ich hasse es, in dieses Plastik zu quatschen – das mach ich nicht mehr. Nie ist man ungestört, irgendein Idiot hört immer mit. Bei uns ist das meist Camilla, meine Schwester. Die hat eh nichts anderes im Kopf, als ihre Nase in Angelegenheiten zu stecken, die sie nichts angehen. Außerdem hat Sascha, ein Kumpel von mir, letzte Woche erzählt, dass ich am Telefon wie ein Schwulibert klinge. Und überhaupt: Eigentlich bin ich Dichter. Und Dichter schreiben, sie telefonieren nicht. Stell dir mal vor, Goethe hätte mit Schiller immer nur telefoniert! Dann wäre es nie zu dem

herrlich dicken Buch mit ihrem Briefwechsel gekommen. Ich schreibe jetzt alles, was andere am Telefon regeln.
Und jetzt verrate ich dir was: Früher war es mir ziemlich lästig, die erste Januarwoche bei euch in Dingelstedt verbringen zu müssen. Irgendwie hatte ich immer das Gefühl, dass du mit mir nicht viel anfangen konntest. Ich mit dir ehrlich gesagt auch nicht. Na ja, ging so. Immer Fußball, das ging mir, sorry, ganz schön auf den Senkel. Wie ich höre, wünschst du dir jetzt einen Computer. Das ist gut, Knut! Lass dir einen PC zu Weihnachten schenken! Dann könnte ich dir so was wie diesen Brief mailen, ist eh viel cooler als mit der Deutschen Bummelpost. Außerdem kann ich dir die geilsten Spiele zeigen: Ich hab an die 200. Da hätten wir schon mal was gemeinsam, demnächst.
Und: Ich stehe zwar immer noch nicht auf Sport, aber dafür fasziniert mich Sex, Rex! Wieder eine Gemeinsamkeit. Denn du hast ja eine Freundin und kennst dich aus. Für mich ist das ein Problem. Da brauche ich dringend einen Rat, von Vetter zu Vetter! Schließlich bist du fast 15 und weißt Bescheid.
Es geht um Berenice. Ich habe voll keinen Plan. Das heißt theoretisch schon, aber eben nicht

praktisch. Du musst mir unbedingt ein paar Tipps geben, okay?
Außerdem bin ich voll neugierig auf deine Freundin! Heißt sie wirklich Veronika? Deine Mutter hat das letztens mal erwähnt und ich dachte, sie macht ’nen Witz. Veronika! Klingt nicht gerade cool. Dafür sieht sie bestimmt gut aus, oder?
Man könnte die Buchstaben in einen Pott werfen und kräftig durchmischen. Dann kommt Eronvika dabei raus, mit Vogel-V, das klingt schon wesentlich geiler, finde ich. Ich mache das gern, mit Wörtern spielen, you know. Ist mein Hobby, Bobby! Ich bringe dir mal ein paar Gedichte mit, die ich in letzter Zeit geschrieben habe.

Dein sympathischer Vetter
Jasper

Mittwoch, 23. Dezember
Hi, Max!

Dumm gelaufen! Zum ersten Mal freue ich mich auf Dingelstedt und ausgerechnet jetzt hast du ein Fußballturnier in Holland. Deine Mutter sagt, du kommst erst am Freitag wieder. Ich muss aber schon am Samstag zurück. Da bleibt uns nur ein Tag! Nichts gegen deine kleine Schwester, aber eine Woche lang Babysitter zu spielen ist nicht so mein Ding. Hab ich echt keinen Bock drauf. Das siehst du doch ein, Hein? Bleibe ich also zu Hause.

Dein enttäuschter Vetter
Jasper

P.S. Wozu noch anrufen? Ich rufe nicht an. Es gilt das Prinzip: In Zukunft alles nur noch schriftlich.

Sonntag, 27. Dezember
Hi, Max!

Danke für die Weihnachtskarte. Mir wäre lieber, du würdest sie nächstes Mal in einen Umschlag stecken. You know why? Hier wohnen außer mir noch andere und einer von denen ist neugierig wie Schmitz' Katze. Heißt Camilla und ist von Hauptberuf Nervzicke. Aber bald wird ja eh gemailt, jetzt, wo du endlich auch einen PC hast. Glückwunsch! Was hat er denn für einen Prozessor? Pentium III? Keine Sorge, das ist alles gar nicht so kompliziert, wie es aussieht. Ich kenne mich aus. Wenn du nicht das Turnier hättest, könnten wir ihn gleich komplett einrichten. Ich würde dir alles zeigen. Außerdem habe ich wirklich ein paar super Spiele. Die meisten, die es so gibt, werden nämlich schnell langweilig, das wirst du noch merken. Berenice? Klar bin ich noch scharf auf sie. Und wie!

Dein sympathischer Vetter
Jasper

Samstag, 2. Januar
Hi, Max!

Soeben hat mir Mam von deinem Anruf erzählt. Du hättest voll die Probleme mit dem Rechner. Kerl, hast du denn keinen Kumpel, der sich da ein bisschen auskennt? Das gibt's doch nicht, Wicht! Was ist denn mit deinem Vater? Null Ahnung? Meiner ist zwar auch

nicht gerade Bill Gates, aber einen Text in Word kriegt er schon noch hin, Evelyn. Okay, ich zeig dir das. Nur Mut, Knut! Ist wirklich einfach, wenn man einmal geschnallt hat, wie solche Programme aufgebaut sind.
Ehrlich gesagt, ich wäre auch froh, wenn ich ein paar Tage mal nicht Camillas blöde Visage sehen müsste. Ich komme also doch, wenn du nichts dagegen hast. Aber sorge wenigstens dafür, dass wir den Freitagabend für uns haben. Die Sache mit Berenice wird nämlich allmählich akut. Du musst mir unbedingt helfen. Im Moment ist sonst niemand da. Wie's der Teufel will, sind meine beiden besten Freunde mit ihren Eltern in den Urlaub geflogen. Sascha nach Tunesien, Philip nach Menorca. Überhaupt fliegen alle andauernd überallhin, nur ich nicht. Voll peinlich. 13 und noch nie geflogen! Und du? Bist du schon mal? Ich glaube, wenn ich überhaupt mal fliegen sollte, dann nur von der Schule.
Wir verreisen nämlich nie – wegen des blöden Geschäfts. Andere Kinder haben mich früher ja immer beneidet und gedacht, es wäre voll geil, Eltern zu haben, die einen Bonbon- und Pralinenladen besitzen. Absoluter Schwachsinn! Ich kriege schon Pickel, wenn ich eine Tafel

Schokolade aus sieben Kilometern Entfernung wittere. Und davon habe ich leider eh genug. Gerade im Moment quält mich ein besonders unappetitlicher Vertreter direkt über der Oberlippe, was insofern besonders Scheiße ist, als dass ich mich nicht rasieren kann, Mann. Meine Mutter und Camilla machen sich darüber lustig. Finde ich zum Kotzen, dieses dämliche Weibergegibbel! Dabei untersuche ich den Rasierschaum, den ich mir mit dem Handtuch aus dem Gesicht wische, ganz genau und es sind immer Haare drin!

Wie schnell sprießt dein Bart, Meinhard?
Und am Samstagvormittag will ich unbedingt Eronvika kennen lernen!!!
Bis Freitag also!

Dein sympathischer Vetter
Jasper

Donnerstag, 14. Januar
Hi, Max!

Das war ja wohl voll der Schuss in den Ofen. Okay, du kannst nichts dafür, dass euer Mannschaftsbus im Eimer war, aber dass ich davon wenig begeistert bin, ist ja wohl logisch, oder? Die ganze Woche hatte ich mich auf Freitagabend gefreut, und als dann der Anruf kam, hätte ich echt ausrasten können. Sag mal, was gibt dir das eigentlich, dieses Rumgebolze? Ich finde Fußball echt zum Kotzen. Sorry! Da hetzt man wie ein Schwachmatiker über den Platz, nur um gegen einen Ball zu treten, und dann muss man sich auch noch von den hinterletzten Volltrotteln beschimpfen und gegen die Waden treten lassen. Ist ja wie bei der Bundeswehr, wenn du mich fragst. Aber du fragst mich ja nicht! Brauchst du auch nicht. Wahrscheinlich findest du es ebenso bescheuert, Gedichte zu verfassen.
Okay, so bin ich wenigstens mal zu der Ehre gekommen, eine Woche in deinem Zimmer zu wohnen. Das war schon cool. So eins hätte ich auch gern. Im Gegensatz zu meinem lässt es sich nämlich abschließen. Da kann man wenigstens in aller Seelenruhe seine erotischen

Übungen machen. Zuerst fand ich ja nichts, was mich irgendwie interessiert hätte, du weißt schon: Erotik im Allgemeinen und noch mehr im Speziellen. Ich hatte wirklich angenommen, dass sich in dieser Hinsicht bei dir was geändert hätte seit dem letzten Jahr. Aber nicht einmal ein paar ordentliche Gedichtbände. Nur Comics und Kicker-Magazine. Du scheinst wirklich nicht gerade ein Weltmeister im Lesen zu sein. Aber ich hatte zum Glück vorgesorgt und mir ein paar Bücher eingesteckt. Erst dachte ich echt, ich hätte mich getäuscht und du wärst sexmäßig nicht weiter als ich. Dann aber hat mich ein Zehnerpack Kondome angelacht. Und es waren nur noch zwei drin ... Eronvika? Und sonst: Ehrlich gesagt, deine Leutchen sind mir auch ein bisschen auf den Wecker gegangen. Wenn du willst, schreibe ich dir mal, wie ich die Sache so einschätze bei euch.
Wie war das Wiedersehen mit Eronvika? Wart ihr allein? Habt ihr es gemacht? Klar habt ihr ...
Mit Berenice bin ich noch immer keinen Schritt weiter, und das macht mich wahnsinnig! Um ehrlich zu sein, ich weiß nicht einmal, wo sie wohnt. Voll die Härte!

Wenn du Rechner-Probleme hast, helfe ich dir gern, aber nicht am Telefon, John. Dabei bleibt es. Musst mir schon schreiben, sonst lass ich's bleiben. Prinzip ist Prinzip!

Dein sympathischer Vetter
Jasper

P.S. Dass es mit dem E-Mailen noch nicht funktioniert ... ich hatte ja echt keine Ahnung, dass deine alten Herrschaften genauso furzgeizig sind wie meine. Aber keine Bange, ich habe aus gut unterrichteten Kreisen erfahren, dass du den Internetanschluss zum Geburtstag bekommst. Ist ja schon ziemlich bald (März? April?). Aber nicht verraten, dass du es schon weißt!

Montag, 18. Januar
Hi, Max!

Endlich mal ein Brief von dir, den man vernünftig lesen kann. Deine Handschrift ist nämlich, sorry, zum In-die-Bienen-Scheißen, ähem: In-die-Schienen-Beißen! Ein Tipp: Du

kannst ruhig eine kleinere Schrifttype nehmen.
Ich bin ja nicht blind, Kind. Außerdem sparst du dann Tinte.
Schade, dass mit Eronvika schon wieder Schluss ist. Wieso eigentlich? Ist sie dir auf den Sack gegangen? Ich will alles wissen, gerade was die Frauenfrage angeht. Mir gehen manche Weiber echt auf den Senkel. Vor allem die in meiner Klasse. Aber Berenice, die ist ein Kaliber, Biber! Wenn ich sie nur wieder finden würde!

Ja, es war schon irgendwie okay bei euch. Ging zumindest. Nichts gegen dein Schwesterchen, aber Minni ist halt erst sieben, mit der konnte ich nichts anfangen. Sag mal, heult die immer so oft, und vor allem so laut? Du musst ja Nerven wie ein Leerdamer Käse haben! Ich fühlte mich schon nach ein paar Stunden reif für die Klapse. Bin froh, dass ich hier in Rheda keine solche Sirene habe, die

nach zwei Minuten an der Klotür rappelt, wenn man auf dem Bottich sitzt und gerade das eine oder andere in Ruhe erledigen möchte. Nun gut, dafür habe ich allerdings Nervzicke. Oh Graus, Klaus! Dann vielleicht doch lieber Minnis Genöle!
Camilla rappelt zwar nicht an unserer Klotür, aber sie ist ein ausgesprochenes Ekelpaket und hat nur den einen Vorzug: Sie ist praktisch nie zu Hause, seitdem sie mit Oliver geht. Die beiden wohnen seit letztem Sonntag zusammen in Olivers Wohnung. Mir gegenüber lässt sie immer nur die große Schwester raushängen und tut so, als ob ich ein Kleinkind wäre, das sie erziehen darf. Was das betrifft, ist mir auch deine Mam tierisch auf den Wecker gefallen. Meinst du vielleicht, sie hätte ein Mal erwähnt, wie groß ich in den letzten Jahren geworden bin? Nein! 100-mal! Und jeden Bekannten, den wir in Dingelstedt getroffen haben, hat sie damit genervt. »Das ist mein Neffe Jasper aus Rheda-Wiedenbrück. Und stellen Sie sich nur vor, er ist fast zwei Jahre jünger als unser Maxi und schon so groß!«
Wegen meiner 1,80 m muss ich mir sowieso ständig schwachsinnige Sprüche anhören! Wenn ein neuer Lehrer in unsere Klasse kommt,

denkt der erst mal, ich wäre ein Kollege. Tatsache! Dabei wäre Lehrer das Letzte, was ich werden wollte. Höchstens Briefkasten-Leerer.
Zurück zu Camilla: Von nichts 'ne Ahnung hat die. Aber wirklich von gar nichts! Wenn du dich in ihrem Zimmer umguckst, wirst du vergeblich nach einem Buch suchen – mal abgesehen von den paar, die sie für Deutsch gebraucht hat. Ich kann überhaupt nicht verstehen, wie die dumme Pute so gut in der Schule war, wo sie sich doch für nichts interessiert. Dabei hat sie ihr Abi mit 1,7 gemacht. Voll der Wahnsinn, wenn du mich fragst!
Ich bin im Gegensatz zu ihr mehr der Denkertyp, nur sind meine Noten nicht gerade zum Auf-die-Schenkel-Klopfen. Sieht sogar echt beschissen aus im Moment. Kannst dir bestimmt lebhaft vorstellen, wie mich das nervt, wenn ich dauernd »Nimm dir mal ein Beispiel an Camilla!« zu hören kriege. Bin froh, wenn ich die nur noch von hinten sehe! Ein Nachmittag mit Nervzicke (Weihnachten und Ostern lässt sich das leider nicht vermeiden) und du musst zum Kieferorthopäden, dir die Kinnlade wieder einrenken lassen, so viel gähnst du! Camilla war eigentlich der Hauptgrund, warum ich dachte: Okay, fährste dann doch lieber nach

Dingelstedt, auch wenn Max erst am letzten Tag da ist.
So, für heute reicht's mir aber. Es grüßt dich

dein sympathischer Vetter
Jasper

P.S. Ach ja, du wolltest wissen, was ich unter erotischen Übungen verstehe. Wieso eigentlich? Machst du auch noch welche? Meine sind Trockenkussübungen. Ich habe den Tipp von Oliver. Du kennst dich aber doch aus und brauchst so was 100-pro nicht mehr!

Samstag, 23. Januar
Hi, Max!

Freut mich, dass du über meinen Brief gelacht hast. War gar nicht komisch gemeint, Freund. Jetzt ist mein Besuch bei euch schon ziemlich lange her. Dran denken muss ich allerdings immer noch oft. Finde es voll in Ordnung, dass du Eronvika nicht nachtrauerst. Bestimmt hast du schon eine Neue im Visier. Sag schon!!!
Das mit Berenice hab ich mir fast aus dem Kopf

geschlagen. Nee, Max, ich bin gar nicht schüchtern. Ich würde schon voll rangehen, wenn ich nur einen blassen Schimmer hätte, wo ich sie finden könnte. Du glaubst es vielleicht nicht, aber ich habe sie erst ein Mal gesehen. Echt! Voll dumm gelaufen.

Wie ich mit deinen Alten zurechtgekommen bin? Geht so. Die hatten sich wohl vorgestellt, dass ich ein Milchschnulli bin, der sich für Drachensteigenlassen, Minigolf und so 'n Zeugs begeistert. Okay, war ich mal. Früher.

Deine Mutter hat sich übrigens gekringelt, als ich mich rasiert habe. Sie meinte, ein 13-Jähriger müsse das noch nicht, worauf ich ihr geantwortet hab, ich hätte mich auch schon mit sieben rasiert, wenn mir der Bart damals bereits gesprossen wäre. Ist doch wahr, Missionar! Dann habe ich ihr meine Achsel- und meine Brusthaare (die wachsen übrigens am schnellsten) gezeigt und sie meinte, das sei genug, mehr wolle sie gar nicht sehen. Das Thema war durch. Nichts gegen deine Eltern, aber sie haben irgendwie genau wie meine alten Herrschaften den Knall nicht gehört.

Dir geht es also auch nicht besser als mir, das weiß ich jetzt. Ist ja auch kein Wunder, unsere Mütter kommen schließlich aus demselben

Stall. Zum Glück sind es nur unsere Mütter. Wenn unsere Väter Brüder wären, würdest du ja Max Moritz heißen. Klingt doch voll für'n Arsch, findest du nicht? Mir reicht schon mein Name. Eigentlich finde ich ihn ganz nett, aber es gibt kaum jemand, der mich nicht sofort Kasper nennt und dann auch noch stolz drauf ist, dass ihm so ein cooler Witz eingefallen ist. Als ich noch nicht so groß war wie heute, musste ich mir sogar »Kasperle« gefallen lassen. Die Lehrer haben übrigens auch nicht mehr in der Birne, aber wer sollte das schon von denen erwarten, Maarten. Kasperle Moritz!
Zurück zu deiner Mutter: Die hat genau wie meine voll die Hornissen im Hintern. Gibt es eigentlich in eurer Wohnung irgendein Ding, das sie nicht mindestens 30-mal am Tag in die Hand nimmt oder von hier nach da schiebt? Kriegst du nicht die Krise, wenn du mit ihr einkaufen gehst? Und kann es vielleicht sein, dass sie jedes Teil, das es in euren dreieinhalb Klamottenläden gibt, schon 77-mal anprobiert hat? Den Eindruck habe ich, you know. Alle Verkäuferinnen schauten schnell weg, wenn wir reinkamen, oder zogen die Augenbrauen hoch. Also, ich kann's voll verstehen, aber sag das nicht unbedingt weiter ...

Ich übe jetzt fast jeden Tag mit Präsern (Zehnerpack bei Aldi 9,95 DM). Mein Ziel ist, das Ding locker mit einer Hand drüberzubringen, damit man mit der anderen in der Zwischenzeit einen BH aufhaken kann oder so was. Kannst du das, ich meine das mit dem Drüberziehen mit einer Hand?
Bin sehr neugierig! Hast du eigentlich entdeckt, dass ich auf deinem Computer eine Datei angelegt habe, in der meine letzten Gedichte stehen? Wohl noch nicht, sonst hättest du es wahrscheinlich erwähnt. Kleiner Tipp: Der Ordner heißt »Jasper«. Wie auch sonst!
So viel für heute

von deinem sympathischen Vetter
Jasper

P.S. Hier eine Kostprobe – ist gestern entstanden:

Limerick
Ich habe ein Mädel in Trier,
Die treibt es recht gerne mit mir.
Ausschließlich am Morgen
Darf ich's ihr besorgen.
Am Abend ist sie bei dir.

Montag, 1. Februar
Hi, Max!

Warum ich Trockenkussübungen mache? Na, hör mal! Wenn es so weit ist, will ich doch nicht wie ein Blödmannsgehilfe dastehen und keine Ahnung haben und die betreffende Tussi rollt sich vor lauter Lachen ab.
Präsereinhandüberstülpung. Echt cooles Wort! Könnte glatt von mir sein!

Dein sympathischer Vetter
Jasper

Mittwoch, 10. Februar
Hi, Max!

Unsere letzten Briefe haben sich irgendwie überschnitten. Das wäre mit E-Mails natürlich nicht passiert, weil die ankommen, bevor man sie abschickt. Na ja, so ähnlich. Trotzdem danke, Anke! Bald ist es ja so weit (wann war noch mal dein Geburtstag?).
Berenice schwirrt mir immer noch durch die Birne. Logisch. Interessiert es dich wirklich?

Okay, ich erzähle es dir. Aber ein anderes Mal. Heute bin ich voll mies drauf.
Hast du mitgekriegt, wie sich unsere Mütter gestern am Telefon über uns unterhalten haben? Die Sache mit der Akne? Fand ich echt unverschämt. Mein Pickel auf der Oberlippe ist übrigens gar nicht Akne, wie Camilla behauptet. Wer seine Runkel so wie ich morgens und abends mit Clerasil beackert, kann überhaupt gar keine Akne kriegen. Es ist eindeutig ein Schokoladenpickel, denn Daddy hat einen neuen Lieferanten, und von dem steht massenhaft Zeugs zum Probieren bei uns rum. Igitt! Sei froh, dass deine Eltern einen vernünftigen Beruf haben und im Sommer mit Minni und dir verreisen können.
Ich würde zum Beispiel wahnsinnig gern mal nach Italien fahren. Die meisten Dichter sind immer wieder da runtergefahren, weil sie Italien mächtig angeregt hat. Super Ideen kriegt man da. Goethe etwa. Der hat vielleicht verschärfte Sachen geschrieben!
Die meisten denken, Goethe und all die alten Knaben wären Langweiler hoch weiß-nicht-was gewesen, aber das Gegenteil ist wahr. Ein Beispiel: Schreib mal ein großes E, lass eine Leerstelle und schreib dann ein großes D. Jetzt

ziehst du von der Mitte des E eine Linie bis zur Mitte des D. Na, was siehst du?

So was hat der olle Geheimrat Goethe in Italien auf die Postkarten gekritzelt, die er seinen Bräuten geschickt hat. Ich überlege, ob ich Berenice mal eine solche Karte schicken soll. Aber vielleicht falle ich damit doch zu sehr mit der Tür ins Haus, oder? Außerdem, wohin soll ich sie überhaupt schicken? Hab ja nicht mal ihre verdammte Adresse, so ein Mist.
Ich würde ja gerne im Sommer verreisen, aber Dad denkt immer, dass der Laden ohne ihn nicht läuft. Halte ich für absoluten Schwachsinn. Pralinen und anderen Süßkram kann doch der hinterletzte Idiot verkaufen. Darauf käme es aber nicht an, meint er. Die Kunst sei, zur Kundschaft freundlich und zuvorkommend zu sein. Zuvorkommend! Also, wenn mir jemand bei etwas Coolem zuvorkommt, kriege ich sooo einen Hals. Na ja, lassen wir das! Für heute reicht's mir mal wieder gründlich!

Dein sympathischer Vetter
Jasper

Mittwoch, 17. Februar
Hi, Max!

Klar habe ich Ahnung vom Internet, Fred! Ist doch sozusagen mein Job, Bob! Kürzlich erst hab ich meinem alten Herrn eine Homepage für unseren Süßwarenfeinkostladen gehäkelt. Da hat der aber gestaunt! Solltest du mal Gelegenheit haben, im Internet zu surfen, dann schau mal unter http://www.moritzmarzipan.de. Das sind wir. Hab ich ganz allein gemacht. In HTML bin ich perfekt und JAVA hab ich auch einigermaßen drauf. Wenn du erst den Anschluss hast, kann ich dir gerne eine Seite stricken. Woran hast du denn so gedacht? Fußball?
Dichter wie ich brauchen die Einsamkeit, um in Ruhe dichten zu können, you know. Deshalb würde mich das Gebrüll auf einem Fußballplatz voll abtörnen. Bei mir hat das mit dem Ruhebedürfnis schon angefangen, als ich noch gar nicht schreiben konnte. Diktieren ging ja schon und meine Mam hat ein ganzes Heft voller Jasper-Gedichte, das sie leider immer herumreicht, wenn wir Besuch haben. Voll peinlich! Dann kommen so Sprüche wie: »Wie süß!« und »Erstaunlich!« und »Was für ein Ta-

lent!«. Da krieg ich die Krise, Luise! Du denkst, dass man mit fünf oder sechs Jahren eh nur gequirlte Kacke zusammenreimt. Bingo, Ingo! Da steckt ja überhaupt keine Lebenserfahrung dahinter, im Gegensatz zu heute. Seitdem ich, und das schon länger, anspruchsvolle Sachen dichte, interessiert sich Mam komischerweise null dafür bzw. hält es für Schweinkram. Wenn die wüsste, wie es aussieht, wenn ich wirklich Schweinkram schreibe! Ich glaube, wir könnten sie einliefern! So was von verklemmt, die Damschaften, sowohl deine als auch meine.

Dein sympathischer Vetter
Jasper

Montag, 1. März
Hi, Max!

Danke für deine Postkarte mit der Nationalmannschaft. Die Spieler sehen aus, als hätten sie allesamt den Schuss nicht gehört. Was käme raus, wenn man den IQ von allen addieren würde? 90? Oder schon eine dreistellige Zahl?

Von deinen Interessen her bist du aber trotzdem voll mein Lieblingsverwandter (außer Fußball, na ja, irgendeinen Scheiß macht schließlich jeder).
Zum Trockenkusstraining: Klar verrate ich's dir, aber wozu? Du bist doch bestimmt voll fit im Küssen. Es sind genau zwei Übungen.
Die erste machst du am besten vor eurem Spiegelschränkchen im Bad. Du musst dir selbst ganz tief in die Augen schauen, sehr ernst. Dann näherst du dich deinem Spiegelbild mit leicht geöffnetem Mund und tust so, als ob du »A-E-I-O-U« sagen würdest, you know. Dabei verändert sich die Stellung der Lippen. Du musst genau darauf achten, wie. Zwischen I und O drückst du dann deinen Mund auf den Spiegel. Ist ja wohl klar, dass du dir für den Mund gegenüber eine geile Keule vorstellen musst und nicht denkst: Hi, Max, ich küsse dich. Diese Übung ist sozusagen die Vorbereitung für den eigentlichen Kuss, also wenn die Lippen aufeinander liegen.
Ein echtes Problem ist für mich, dass man nicht weiß, wo man beim Küssen seine Nase lassen soll. Irgendwie stört die immer. Hast du auch das Problem? Ich habe dummerweise diesen Riesenzinken! Gar nicht so einfach seine

Nase auszudribbeln. Dazu braucht man eine super Zungentechnik.
Die zweite Übung kann man überall machen, es muss nicht vor dem Spiegel sein. Man nimmt einen Teelöffel und steckt ihn einfach in den Mund. Nicht sehr weit, nur so, dass die Wölbung gerade drin ist und nach unten zeigt. Jetzt rollt man seine Zunge zusammen und kitzelt die Innenseite der Löffelwölbung von unten nach oben. Wenn man das geschafft hat, macht man seine Zunge breit und versucht den hohlen Löffel abzudecken. Das ist ganz schön schwierig. Wenn man auch das schafft, darf man den Löffel rumdrehen, so wie beim Essen. Wieder muss man seine Zunge schürzen und die Innenseite des Löffels kitzeln, bis er zu lachen anfängt.

So viel zu Olivers Trockenkussübungen. Der Typ ist übrigens voll in Ordnung und hat noch ganz andere Sachen auf Lager, Schwager. Was mich mal interessieren würde: Wie oft machst du es dir denn so? Schluss für heute, Leute! Mir reicht's! Mach's gut, Knut!

Dein sympathischer Vetter
Jasper

Donnerstag, 25. März
Hi, Max!

Echt, nur zweimal in der Woche? Ich bin überrascht! Ich mache es jeden Tag, manchmal auch zweimal. Na ja. Jeder ist anders, sage ich immer.
Hier meine E-Mail-Adresse: jaspermoritz@rheda.de. Bin gespannt, wann es endlich losgeht. Okay, ich erzähle dir, wie das mit Berenice gekommen bzw. leider noch nicht gekommen ist. Eine traurige Geschichte, sie steckt mir mächtig in den Knochen, Jochen!
Sascha und Philip hab ich ja schon mal erwähnt. Das sind, nee, waren meine beiden ein-

zigen Freunde. Sascha ist schon 14, Philip wird es bald. Mit ihnen habe ich früher stundenlang vor meiner Kiste gesessen. Entweder haben wir gespielt (Haste schon mal von *Die Siedler* gehört? Echt super!) oder an Saschas Homepage gebastelt. In letzter Zeit hatten die beiden plötzlich keinen Bock mehr darauf, wollten nachmittags lieber auf den Spielplatz. Ja, du liest richtig, auf den Spielplatz! Zuerst dachte ich, das gibt's doch nicht. Müssen die ihre Babyphase nachholen? Im Sandkasten rumbuddeln, wo immer die Hunde reinpissen? Oder auf der Rutsche rutschen? Ich war echt ein bisschen stinkig, bis ich neulich aus Langeweile mal mitgegangen bin. Und was sahen meine entzündeten Augen? Keulen! Mindestens fünf, alle aus der Nachbarschaft, alle zwischen 13 und 15. Mit einer hab ich früher mal gespielt, war sogar mal zu ihrem Geburtstag eingeladen, vor Jahrzehnten. Sie hockten auf den Bänken rum, hatten einen Ghettoblaster dabei – es war richtig wie Fete, Grete.
Außer Sascha, Philip und mir waren noch ein paar andere Typen da. Schon ein bisschen älter. Die ließen voll den Larry raushängen. Rauchten reihenweise ganz coolmannsdörfermäßig Zigaretten und hatten Bierdosen dabei.

Sympathisch waren die mir nicht, aber ich merkte gleich: Da gehste öfter hin. Warum? Na, auf einmal sah ich Philip mit einer vom Einstein-Gymnasium das Weite suchen. Was heißt das Weite? So weit war das gar nicht. Sie steuerten auf eine Bank am Ententeich zu, ließen sich nieder und fingen an unheimlich rumzuknutschen. Max, weißt du, was Neid ist? Ich weiß es jetzt. Ich bin sofort nach Hause gerast und habe ein Gedicht darüber geschrieben (siehe unten).

Am nächsten Tag ging ich wieder zum Spielplatz und am übernächsten auch, logisch. Allmählich kannten sich alle, außer wenn ein neues Weib aufkreuzte. Und so eine Neue war Berenice, you know. Sie machte voll den schüchternen Eindruck, einfach zum Reinbeißen. Ich fragte sie, ob sie ein Date hätte, aber sie schüttelte nur den Kopf und meinte: »Ich kenne hier noch niemanden.« Meine Chance, dachte ich und pflanzte mich gleich mit ihr auf eine Bank, etwas abseits von den anderen. Habe mit ihr über *Big Brother* und die *Backstreet Boys* diskutiert. Dabei habe ich (schlau, wie ich nun mal bin) rausgekriegt, dass sie schon 14 ist und erst seit einer Woche in Rheda bzw. in Wiedenbrück wohnt.

Sie hat übrigens nicht mal den Kasperwitz gerissen, als ich ihr sagte, wie ich heiße. Das machte sie komplett sympathisch. Sie wollte wissen, wie alt ich bin (ich habe die Wahrheit ein wenig manipuliert: 15, hab ich gesagt und sie hat es mir abgekauft) und ob ich eine Freundin habe. »Nee«, meinte ich, »die Beziehungskiste ist in die Brüche gegangen. Und du?« Sie hatte noch keinen Freund, war aber immerhin auf den Spielplatz gekommen, wollte also logischerweise einen.
Ich hab all meinen Mut zusammengenommen und sie gefragt, ob sie mich eventuell küssen würde. Berenice wurde knallrot. Das hättest du sehen sollen! Echt hammerhart! Weiß nicht, sagte sie. Also gut, dachte ich, sie ist zu schüchtern, dann fange ich einfach mal an, you know. Und genau in dem Moment, als ich ihr wie Leonardo di Caprio in die Augen glotzte und ihre Wangen zwischen meine Hände nahm, um mich ihrem Zaubermündchen zu nähern, klatschten mir zwei mit Wasser gefüllte Präser auf den Kopf. Die Arschgeigen hatten uns die ganze Zeit beobachtet und lachten sich jetzt einen Ast ab. Sogar Sascha lachte mit, die feige Sau.
Ich habe natürlich den blödesten Fehler gemacht, den ich überhaupt machen konnte.

Statt mich um Berenice zu kümmern, die voll den Schreck gekriegt hat, bin ich zu den Typen und hab sie angemacht, von wegen was das solle. Keine Antwort. Bloß grinsende Visagen. Ich kann mich nicht erinnern, dass ich jemals solch eine Lust gehabt hatte, jemandem unsere Klobürste durch die Fresse zu ziehen. Aber es waren immerhin sechs Kerle und zwei Tussis. Sie hatten jede Menge Gummis dabei und fanden das irgendwie total cool. Sascha wedelte mit einem ausgerollten Exemplar. »Wir dachten, du könntest so was jetzt brauchen«, höhnte er, ausgerechnet er, der sich sonst fast ins Hemd macht, wenn man das Wort Sex auch nur an die Schultüre sprüht.

Berenice hatte längst die Biege gemacht. »Lauf schnell, vielleicht kriegst du sie ja noch!«, spottete die blöde Tussi, die vor ein paar Tagen noch mit Philip geknutscht hatte. »Und nimm die Lümmeltüte mit!«

»Oder schreib schnell ein Liebesgedicht!«, meinte Sascha, das Arschgesicht, das sich mal Freund geschimpft hatte. »Er ist nämlich ein Dichter, müsst ihr wissen!«

Und schon ging das Gefeixe los: »Ein Dichter? Höhöhö, aber wohl nicht ganz dicht, der?«, witzelte das andere Weib. Und einer von den Rauchern, so einer, der bestimmt Sex mit seiner Sparbüchse hat, meinte: »Ein Wörterwichser! Die habe ich sowieso gefressen!« Heute weiß ich, was ich denen vor den Kopf hätte knallen sollen. Eigentlich bin ich nämlich selten um einen coolen Spruch verlegen, you know. Aber ich Blödmannsgehilfe war so stinkig und beleidigt, dass ich zu heulen anfing und wegrannte. Voll uncool, ich weiß, aber zu spät, Fred!

Jetzt werde ich mich auf dem Spielplatz nicht mehr sehen lassen. Ich habe nur noch ein Ding im Kopf: Rache! Zumindest Sascha, dieser Verräter, muss dran glauben. Ich weiß nur noch nicht, wie. Kommt Zeit, kommt hoffentlich Gelegenheit!

Jetzt steht morgen erst einmal diese bekackte Klassenfahrt an. Himmel, wie soll ich erotisch jemals was gebacken bekommen, wenn ich mit dem Kindergarten nach Traben-Trarbach fahre? Vielleicht bin ich ja nicht der Einzige, der Berenice anbetet. Und dann? Berenice! Fünf Laptops gegen einen Kuss von ihr!

Tja, so war das, Max. Dumm gelaufen, nicht wahr? Als ich zu Hause ankam, war mir klar, dass ich sie so schnell wie möglich wieder sehen wollte. Was heißt wollte! Musste! *Musste!!!* Aber wie? Ich weiß ja nur ihren Namen. Amen!

Keinen blassen Ahnerich, wo sie wohnt, auf welche Schule sie geht, nichts. Alles, was ich vermuten kann, ist, dass sie nicht allzu weit vom Stadtpark entfernt wohnt. Aber selbst das ist ungewiss, Chris. Gib mir mal einen verschärften Tipp, wie man jemanden wieder findet, von dem man nichts weiß. Okay, bei euch in Dingelstedt ist das vielleicht nicht das Problem. Da braucht man ja nur die drei Straßen rauf- und wieder runtertrotten und hat jeden Einwohner siebenmal gegrüßt. Aber du bist bestimmt erfahrener in solchen Sachen. Kannst dir Zeit lassen, denn, wie gesagt, morgen reise ich mit meiner Klasse nach Traben-Trarbach, ein Kuhkaff an der Mosel. Gequirlte Katzenkacke! Wenn ich zurückkomme, liegt hoffentlich ein Brief von dir auf meinem Schreibtisch!
Vielleicht hast du Glück und bekommst von mir eine Postkarte. Vielleicht aber auch nicht, Wicht. Ehrlich gesagt, ich glaube eher, dass nicht.
Puh, was war das ein langer Brief!

Dein sympathischer Verwandter
Jasper

Stadtpark
von Jasper Moritz

Ich saß mit ihr auf einer Bank.
Sie war sehr schön und war sehr schlank.
Ich meine nicht die Bank.

Ich küsste sie auf ihren Mund.
Von ferne bellte laut ein Hund.
Ich küsste mir die Zunge wund.

Wir schauten auf den Ententeich.
Mir wurden prompt die Schenkel weich.
Sie schwärmte leis von Österreich.

Ich strich ihr zärtlich übers Haar.
Sie mochte das, das war ja klar.
Sie fand es sogar wunderbar.

Ich fühlte mich wie neugeboren.
Ich küsste sie auf ihre Ohren
Und hab dabei fünf Mark verloren.

(Das stimmt echt, Max. Ich habe zu allem Elend an diesem Tag einen Heiermann verloren. Ein Unglück kommt eben selten allein!)

Freitag, 9. April
Hi, Max!

Treulose Tomate! Hast du echt keine Zeit gehabt, mir zu schreiben? Ich habe fest damit gerechnet, dass ein Brief von dir mit der oberamtlichen Idee, wie ich Berenice ausfindig machen kann, auf mich wartet. Aber Satz mit X, war wohl nix.
Da bin ich wieder, Frieder. Das war eine Scheiße an der Mosel! So daneben habe ich es mir in meinen übelsten Horrorträumen nicht vorgestellt.
Ich weiß ja nicht, wie du mit deinen Klassenkameraden zurechtkommst. Meine sind durch die Bank Arschgesichter und Schwachmatiker im Endstadium! 13 Mädels und zwölf Jungs, alle in einen Sack und draufhauen, das wäre das Beste!
Du weißt ja, dass ich ziemlich auf Sex abfahre. Meine Klasse (leider) auch, aber so dermaßen albern und kindergartenmäßig, dass es voll peinlich ist. Ewig dieses schwachsinnige Gekicher, wenn irgendwas ganz entfernt an einen Pimmel erinnert, ich meine jetzt so von der Form her. Egal, ob es um die Würstchen zum Kartoffelsalat ging oder um Gurken, Möhren

und Bananen. Sogar bei der Erwähnung eines Kugelschreibers brach große Heiterkeit aus.
Echt, Max, ich habe eine Woche des Grauens hinter mir! Die Jugendherberge in Traben-Trarbach ist zwar ganz nett, aber das hilft auch nicht, wenn man mit zwei Schattenparkern wie Nils Hansen und Thorben Müller-Klauke in ein Zimmer muss.
Meinst du, ich hätte auch nur einen klaren Gedanken fassen können? Vom Dichten ganz zu schweigen. Die ganze Zeit ging es den Helden um nichts anderes als die »Weiberzimmer«, in die sie nachts einsteigen wollten. Haben sie natürlich nicht gemacht. Aber eine Klappe, dass sieben Chipstüten quer drin verschwinden könnten!
Und obwohl ich wahrscheinlich der Einzige war, der in dieser Woche nicht gewichst hat (dazu fehlte voll die erotische Stimmung), nannten mich plötzlich alle Wichser, sogar die Weiber. Die halten mich für arrogant, wahrscheinlich, weil ich ein bisschen mehr in der Birne habe als sie. Aber das macht mir nichts aus. Wäre ja noch schöner, Döner.
Ich muss dir eigentlich noch von zwei Dingen berichten, die viel wichtiger sind. Aber das mache ich morgen oder übermorgen, denn

jetzt habe ich Stress. Bald wirst du wis
wieso, Joe.

Dein sympathischer Vetter
Jasper

Dienstag, 13. April
Hi, Max!

Danke für deinen Brief! Das Schlimmste zuerst. Ich glaube, ich bleibe hängen.
Dazu muss ich noch einmal auf die bekackte Klassenfahrt zurückkommen. Wir waren gerade auf einem Ausflug nach Koblenz, da nahm mich Frau Sauerwein, unsere Mathelehrerin, beiseite und machte voll einen auf verständnisvoll. »Du, sag mal, was ist denn eigentlich los mit dir, Jasper?«, so auf die Tour. Ich bekomme schon Ekelgefühle, wenn jemand einen Satz mit »du, sag mal« anfängt. »Was soll schon los sein?«, hab ich zurückgefragt. Und dann kam es hammerhart. Zwei Tage vorher hatten wir nämlich noch eine Arbeit geschrieben. Okay, dass ich keine Zwei hingelegt hatte, war mir schon klar. Aber die Sauerwein meinte

tatsächlich mir stecken zu müssen, dass ich die totale Scheiße abgegeben hätte, voll die Sechs. »Du, sag mal, hast du vielleicht irgendwie Probleme mit der Pubertät?« Würg!
Ich habe sie bloß angegrinst. Was soll man schon dazu sagen, Hagen? Jedenfalls stehe ich in Mathe auf einer glatten Fünf, und das kann ich mir leider nicht leisten, denn in Sport krieg ich auch eine. Kannst du bestimmt nicht verstehen, wie man in Sport auf einer Fünf stehen kann. Ist aber so, Joe. Ich bin, glaube ich, der Einzige in unserer Schule, der in Sport auf Fünf steht. Macht mir im Prinzip nichts aus, Klaus. Ich arbeite lieber mit dem Hirn, you know.
In dieser Woche wird ein Briefchen von der Schule zu uns ins Haus flattern. Dann steht mächtig Ärger an, denn meine Herrschaften sind zurzeit eh unausstehlich. Vor allem meine Mutter stresst alle. Ich habe noch nichts angedeutet. Vielleicht heute Abend ...
Das Zweite, was ich dir erzählen muss, hat auch mit dem Ausflug nach Koblenz zu tun, ist aber erfreulicher. Nachdem wir uns die Burg Ehrenbreitstein angesehen hatten, gab es zwei Stunden zur freien Verfügung. Kannst dir sicher denken, dass ich mich so schnell wie

möglich verpisst habe. Bin in die City gegangen, habe mich an einen Brunnen gesetzt und angefangen ein Gedicht zu schreiben. Da tippte mir jemand auf die Schulter und fragte, ob ich mich in Koblenz auskennen würde. Sie sah aus wie 16 und war superhübsch (ungefähr so wie Franziska von Almsick). Und der Witz: Finzy war ebenfalls mit ihrer Klasse da. Kam aus Freiburg. Wir sind zusammen durch die Innenstadt getigert und auf einmal hatte ich ihre Hand in meiner. In dem Moment hab ich ausnahmsweise mal nicht an Berenice gedacht.
Ich habe uns ein Eis spendiert und wir sind mit dem Eis Hand in Hand weitergedackelt. Fast wäre ich auf einem Hundehaufen ausgerutscht und hätte mir das halbe Eis in die Visage geschmiert!

Finzy hat sich in die Hose gemacht vor Lachen. Und nun kommt's! Plötzlich sagt sie: »Wart mal grade!« Ich bleibe stehen und sie leckt mir das Eis von den Lippen. Echt! Voll abgeleckt! Mit der Zunge! Und am Schluss hat sie sie mir in den Mund geschoben. Da habe ich ihr meine natürlich auch in den Mund geschoben und sie meinte, ich könnte ja geil küssen! Wow! Das hat mich tierisch angemacht, denn sie hat schon viele Freunde gehabt, hat also Vergleichsmöglichkeiten. Du siehst, meine Trockenkussübungen haben sich gelohnt! Noch mal und noch mal habe ich sie geküsst, und während ich also so richtig im siebten Himmel bin, sagt jemand hinter mir: »Aha, der Herr Moritz!« Ich schaue mich um und da sehe ich, dass die Sauerwein und der Hürlimann, unser Lateinlehrer, vorbeigehen. Drehen sich noch nicht einmal um. Nur dieses »Aha, der Herr Moritz!«. Voll peinlich! Hinterher im Bus haben sie zwar nichts dazu gesagt, aber wie die Sauerwein mich angeglotzt hat! Als wäre ich ein Kuhfladen beim Sonntagsfrühstück.
Finzy hat mir ihre Adresse gegeben. Sie ist übrigens doch erst 14. Ich werd ihr ein paar Gedichte von mir schicken. Sie will gerne ein paar versaute, hat sie gesagt. Kann sie kriegen.

Ich verfasse eh jeden Tag ein paar neue. Man muss ja schließlich an sein Gesamtwerk denken!
Verknallt bin ich aber nicht in sie. Dazu ist mir Berenice viel zu wichtig. Was ich allerdings mache, wenn ich im Bett liege: Ich stelle mir vor, dass die Küsse aus Koblenz gar nicht von Finzy, sondern von Berenice waren. Huihui!
Was tut sich bei dir eigentlich frauenmäßig? Lebst du jetzt voll spartanisch? Kann ich mir gar nicht vorstellen, Ellen! Hau rein, lass hören, Sören!

Dein sympathischer Vetter
Jasper

Donnerstag, 15. April
Hi, Max!

Kein Aprilscherz: Meine Alten haben mir meine Kiste weggenommen. Bis auf weiteres, haben sie gesagt. Wegen meiner schlechten Noten. Gestern trudelte doch tatsächlich das Briefchen von der Schule ein und sie kriegten voll die Krise. Mein Vater rief abends bei der

Sauerwein an und die steckte ihm, dass ich im Unterricht ständig unkonzentriert wäre und Blödsinn machen würde. Eine glatte Lüge! Ich und Blödsinn! Okay, ich arbeite manchmal an einem Gedicht, aber das als Blödsinn zu bezeichnen ist ja wohl unverschämt! Und angeblich würde ich Svenja Döll, eine der blödesten Ziegen in meiner Klasse, ständig mit Sauereien anbaggern. Svenjas Mutter hat sich bei der Sauerwein beschwert, ich würde ihre Tochter sexuell belästigen. Das ist doch voll absurd, Kurt! Die ist bloß beleidigt, weil ich sie zum Kotzen finde, Gerlinde.

Zuletzt hat die Sauerwein meinem Vater auch noch die Sache mit Finzy in Koblenz aufgetischt. Der fand's gar nicht mal so schlimm, aber meine Mam ist voll ausgerastet. Was das denn für einen Eindruck machen würde bei den Lehrern und bei unseren Kunden! Manchmal habe ich den Verdacht, dass meine Eltern eigentlich meine Großeltern sind. Die stammen aus der Steinzeit. Nee, wenn ich das sage, ist

das meinen Großeltern gegenüber ungerecht, denn die sind eigentlich in Ordnung, finde ich. Ich meine die von meinem Vater.
Nun ja, die Kiste ist erst mal weg. Deshalb schreibe ich dir heute auf der Reiseschreibmaschine von Oliver. Die hat er mir geschenkt. Viel beschissener ist, dass ich jetzt jeden Nachmittag Mathenachhilfe bekomme. Seit gestern. Deswegen der plötzliche Stress. Der Sohn einer Freundin meiner Mutter, Lars, studiert Mathe und will sich was dazuverdienen. Ein Ekelpaket! Erstens pult der ständig in seinen Ohren und schnippt, was er darin findet, auf meinen Teppich (jetzt weigere ich mich, zu Hause barfuß zu laufen). Und zweitens stinkt der Kerl bestialisch nach Billig-Deo. Davon wird mir kotzübel. Früher, als ich noch klein war und Autofahren nicht vertragen konnte, hab ich manchmal in unseren Opel gereihert. Meine Mutter wedelte dann immer mit einem Taschentuch, das mit sol-

chem Zeugs getauft war. Kannste dir vorstellen, wie das roch? Und neben so einem soll ich nun jeden Tag zwei Stunden sitzen und Geometrie machen! Immer von vier bis sechs. Wie ich Berenice jemals wieder finden soll, wenn ich zu Hause mit diesem Weichei rumhänge, weiß ich auch nicht.
Deine Idee finde ich nämlich total genial, Max. Du hast vollkommen Recht, ich muss die Stadt systematisch nach ihr absuchen. Zuerst die Umgebung des Stadtparks, weil ich sie da ja kennen gelernt habe. Dann an der Ems entlang. Wer weiß, vielleicht sucht Berenice ja auch mich längst, Hengst. Deine zweite Idee, nämlich die mit den Zetteln, finde ich nicht so prickelnd. Auf 50 Blätter »Berenice, wo wohnst du?« schreiben und an die schwarzen Bretter aller Schulen pinnen? Würdest du das echt machen? Mal angenommen, sie sieht meinen Zettel tatsächlich: Was bringt das? Ich kann ja schlecht meinen Namen mit Adresse darunter setzen, denn dann lacht sich ganz Rheda-Wiedenbrück einen Ast ab. Und wenn ich nur mit »deine sympathische Stadtparkbekanntschaft« unterschreibe, weiß sie ja nicht, wie sie mich erreichen kann. Kannste vergessen! Nee, ich will sie lieber aufspüren, wie Sherlock Holmes

das auch gemacht hätte, you know. Aber dazu brauche ich Zeit, Zeit und noch mal Zeit.
Wie immer grüßt dich

dein sympathischer Vetter
Jasper

Alle Wetter!
von Jasper Moritz

Brüste, die ich zärtlich küsste.
Eine wie die andre schön.
Riesig meine Kussgelüste.
Einzig ich hab sie gesehn.
Nimmer möchte ich andre fühlen,
Immer deine soll'n es sein.
Come rain or come shine,
Eil herbei, sei mir zu Willen.

Freitag, 23. April
Hi, Max!

Happy birthday zum Geburstag! Machst du eigentlich eine Fete, Grete? Wenn ja, wäre ich

gern dabei. Was hast du denn alles geschenkt bekommen? (Ich kann dir leider nichts kaufen, denn ich bin total blank, aber dir ein Gedicht schreiben, wenn du Wert darauf legst. Legst du?)
So, wie du dein Computerproblem beschreibst, empfehle ich dir eine Neuinstallation. Ist am sichersten. Du weißt doch noch, wie das geht?
Heute habe ich zufällig in der Zeitung gelesen, dass es einen Wettbewerb für erotische Gedichte gibt. Da will ich unbedingt mitmachen. Ich hab sofort eine Karte geschrieben und die Teilnahmebedingungen angefordert. Sollten spätestens übermorgen hier eintrudeln, wenn es keinen Briefträgerstreik gibt. Bin gespannt.
Lars hat sich (was für ein Glück!) krankgemeldet, Mittelohrentzündung, hihi! Aber Montag will er wieder fit sein, leider. Habe ich also nur heute und morgen, um Berenice zu finden. Sonntag werden wir nach Münster fahren und meine Großeltern besuchen. Nicht Berenice und ich, sondern meine Eltern, Camilla, Oliver und ich. Gut, dass wenigstens Oliver dabei ist, sonst würde es bestimmt eine Ätztour.
Freut mich übrigens, dass dir mein letztes Gedicht gefallen hat. Aber dass du nicht weißt, was »come rain or come shine« bedeutet, wun-

dert mich ehrlich gesagt. In Englisch bist du wohl nicht gerade ein Überflieger, stimmt's? »Come rain or come shine« heißt: egal, ob es regnet oder die Sonne scheint. Das ist ja der Witz an der Sache. Deswegen der Titel »Alle Wetter!«, you know.
Ist dir aufgefallen, wie genial ich es hingekriegt habe, dass die Anfangsbuchstaben von oben nach unten gelesen *Berenice* ergeben?
Ich wäre gern auch schon 15 wie du!

Your sympathic Verwandter
Jasper

Mittwoch, 28. April
Hi, Max!

Ich habe sie gesehen! Juchhu! Das ist die erfreuliche Nachricht. Jetzt kommt die unerfreuliche: Sie mich nicht.
Cool, dass ihr endlich ISDN habt. Jetzt könnten wir mailen. Aber ich darf ja nicht an meine Kiste, so 'n Mist. Ey, Kerl, was ist das denn für eine bescheuerte E-Mail-Adresse!? 0014762548@compi.com kann sich doch kein

Schwein merken. Lass dir von deinem Provider einen Aliasnamen geben.
Münster: alles in allem okay. Ging so. Zwar nervten mich Camilla und meine Mutter dauernd mit der Schule. Aber Opa hat mir einen Fuffi zugesteckt, den ich verdammt gut gebrauchen kann, Johann. Ich will mir nämlich unbedingt den Band von Heinrich Heine mit sämtlichen Gedichten drin kaufen. Mein Vater hat eine Sammlung, in der nur ein paar drinstehen, und die finde ich dermaßen cool, dass ich mir den alten Knaben mal genauer zur Brust nehmen muss. Von dem kann sogar ich noch was lernen, you know!
Cool war auch der Spaziergang, den ich mit Oliver allein gemacht habe, weil Camilla und Mam meine Großeltern in die Kirche begleitet haben und mein Dad Bock hatte Tennis zu gucken. Oliver ist voll in Ordnung und ich schnalle nicht, was er eigentlich an Camilla findet. Mag sein, dass sie gut küssen kann und so was. Muss wohl so sein, denn Oliver ist kein Kostverächter! Er und ich reden unter vier Augen oft über Frauen. Er hat voll die Erfahrung und von ihm kenne ich auch die erotischen Tricks, die zu meinem täglichen Übungsprogramm gehören. Oliver ist nämlich

bei der Bundeswehr und musste letztens für drei Wochen zu irgend so einer Scheiß-Übung (oder Schieß-Übung?) nach Schleswig-Holstein. Ich finde Bundeswehr ja schwachmatisch bis zum Abwinken und werde auf gar keinen Fall hingehen. Hast du dir dazu schon mal Gedanken gemacht? Oliver hat mir wirklich bestens die Augen geöffnet. Okay, mit ein paar Typen Skat spielen könnte mir vielleicht Spaß machen, allerdings kann ich kein Skat. Du? Und dass es in der Kaserne offensichtlich ein Riesenangebot an Fotos von geilen Weibern gibt, lass ich auch noch durchgehen. Aber dass da Wichtigtuer rumlaufen, die vielleicht nur ein paar Jahre älter sind als man selbst, dumm wie eine Parkuhr am Pfingstmontag, aber die totale Schnauztour abziehen, kotzt mich voll an. Kommt für mich nicht in Fragi, Gabi!
Na ja, Oliver findet es auch nicht gerade super. Aber er will Fahrlehrer werden und da kann man, wie es aussieht, beim Bund echt was absahnen. Sonst ist der Typ nämlich voll sympathisch, vor allem wenn Camilla nicht in der Nähe ist. Aber egal. Ihm habe ich die ganze Sache mit Berenice erzählt, auch mein Koblenz-Erlebnis. Der ist vielleicht super drauf! Er meinte, gut Ding will Weile haben. Mir würden

die Mädels eh bald reihenweise zu Füßen liegen. Ich wäre der geborene Erotiker!
Demnächst will er mich mal in seine Sauna mitnehmen. Da seien immer ganz viele Weiber und die könne man sich da in aller Ruhe anschauen, voll nackt natürlich. Man dürfe nur keine Stielaugen kriegen, das wäre dann etwas peinlich, meinte er. Aber mal hinsehen ist erlaubt. Camilla wird er es nicht erzählen, hat er versprochen, Jochen.
Also, wir kamen erst kurz vor zehn Uhr abends von der Autobahn und fuhren gerade in die Fürst-Bentheim-Straße, um Oliver und Nervzicke zu Hause abzusetzen, da steht sie, also Berenice, zusammen mit zwei Erwachsenen (wahrscheinlich ihre Eltern) an der Fußgängerampel. Kannst du dir vorstellen, wie es mich gejuckt hat? Am liebsten hätte ich »Anhalten! Sofort anhalten!« gebrüllt, nur ging das natürlich nicht. Aber jetzt weiß ich wenigstens, in welcher Gegend ich sie suchen muss. Dummerweise liegt die Fürst-Bentheim-Straße fast schon in Batenhorst, also ziemlich weit von unserer Wohnung entfernt, Bernd. Ohne Bus bin ich da Jahrhunderte unterwegs.
Weichei ist Montag leider wirklich wiedergekommen. Ich hab ja gehofft, er hätte noch ent-

zündete Öhrchen. Konnte es mir übrigens nicht verkneifen, ihm, als meine Mutter ihn reinbrachte, den Rat zu verpassen, eine Zeit lang besser nicht so viel zu pulen. Das wäre nicht gut für die Öhren, Sören. Ich weiß nicht, wer eine rotere Birne gekriegt hat, er oder meine Mam. Das mit der Nachhilfe ist sowieso totaler Quatsch, wenn du mich fragst. Ich bin ja nicht blöd. Könnte mir das Zeugs auch allein draufschaffen. Kein Problem. Meine Mutter meint aber, ich täte es sowieso nicht, und außerdem machte sie voll auf gekränkt, weil sie so viel Geld für mich ausgibt und ich obendrein noch undankbar bin. Immerhin wäre es ja für mein Leben. Ach Gottchen, Lottchen!

Nächste Woche Donnerstag schreiben wir die letzte Mathearbeit, dann entscheidet es sich, ob ich eine Vier kriege oder nicht. Jedenfalls ist dann Schluss mit den Billig-Deo-Nachmittagen.

Hoffe ich jedenfalls. Dann kümmere ich mich verstärkt um Berenice. Bin so hungrig nach ihr, dass ich vor Durst kaum weiß, wo ich heute Nacht schlafen soll.
Gerade höre ich meine Mutter mit deiner telefonieren. Ich kriege voll den Hals! Wie die quatschen! Keine Ahnung, aber davon reichlich!
So, so, du rasierst dich jetzt auch. Cool! Welches Aftershave nimmst du? Ich glaube, Weiber stehen gar nicht so drauf, wenn man als Typ duftet, weil sie lieber selber duften wollen, und das kann sich dann eklig vermischen.
So, ich komme mal zum Schluss. Muss noch dichten.

Dein sympathischer Vetter
Jasper

Arsch-Gedicht
von Jasper Moritz

Ich weiß nicht, wie soll ich's beginnen?
Ich sah ihr pralles Hinterteil,
Nun bin ich fürchterlich von Sinnen,
Tags und nachts und immer geil.

Liebesleid
von Jasper Moritz

Der Amor schießt in meinem Traum
Mit einem Pfeil aus Marzipan
Und trifft, anstatt in Bauches Raum,
In meinen faulen Backenzahn.

Mittwoch, 5. Mai
Hi, Max!

Ist doch klar, dass du noch nicht alles im Griff haben kannst, Vetterchen. Ich musste mir den ganzen Kram auch Stück für Stück beibringen. HTML solltest du dir eh nicht allein draufschaffen. Ist besser, wenn jemand mitmacht, der das checkt. Vielleicht kann ich ja in den Sommerferien noch mal eine Woche nach Dingelstedt kommen, dann zeig ich dir alles. Oder seid ihr die ganze Zeit weg?
Danke für deinen Tipp mit dem Leserbrief! Ich hatte schon fast vergessen, dass ich mich an Sascha rächen wollte. Cool! Hast du das selbst schon mal ausprobiert oder nur davon gehört? Egal, geile Idee jedenfalls! Das mache ich. Heute

Abend setze ich mich hin und schreibe einen Brief unter Saschas Namen. Meinst du wirklich, die Zeitung druckt den, ohne sich zu vergewissern? Na ja, ein Versuch ist es wert, Bert. Apropos Zeitung: Gestern ist der Brief angekommen, der mit den Teilnahmebedingungen für den Wettbewerb, you know. Hatte noch Schwein, dass ich ihn entdeckt hab, denn er war an J. Moritz adressiert. Deshalb hatte ihn meine Mutter auf Dads Schreibtisch gelegt (er heißt ja Johannes, also mein Vater, nicht der Schreibtisch). Ich habe den Brief diskret mitgehen lassen, denn vielleicht ist es nicht so gelungen, wenn Mam weiß, was ich vorhabe. Immerhin ist der Gedichte-Wettbewerb für Leute ab 18, stand extra drin. Aus rechtlichen Gründen. Na, so ein Scheiß! Aber Wurscht, schicke ich meine Geniestücke eben als J. Moritz ein, ist ja nicht mal gelogen. Sollen sie ruhig denken, sie wären von meinem Vater. Verlangt werden also fünf Sonette mit erotischem Inhalt. Was genau ein Sonett ist, weiß ich nicht, aber das kriege ich schon noch raus. Was erotisch ist, weiß ich dafür umso besser. Bis 20. Juni müssen die Texte eingereicht sein und die besten werden anschließend in der Zeitung veröffentlicht. Außerdem gibt es einen

Geldpreis für das gelungenste Gedicht. Voll der Stress, Baroness!
Was ein Provider ist? Gottchen! Das ist die Firma, bei der ihr den Internetanschluss habt. Und ein Aliasname ist ein Name, den du dir selbst aussuchen kannst. Ich würde an deiner Stelle den richtigen nehmen, dann wäre deine E-Mail-Adresse maxschlieper@compi.com. Klingt doch cool, oder nicht?
Ich glaube übrigens, dass es zwischen Camilla und Oliver Stress gibt. Gestern Abend saß Camilla stundenlang mit meiner Mutter in der Küche und hat geheult. Jedes Mal, wenn ich zufällig zum Kühlschrank musste (so ungefähr 30-mal), hörten sie zu reden auf und warteten, bis ich wieder draußen war. Wegen Nervzicke ist es mir Wurscht, aber wenn Oliver nicht mehr käme, fände ich das echt Scheiße. Nicht nur wegen der Sauna.
So, mir reicht's mal wieder kräftig. Wenn mir ein genialer Leserbrief gelingt, schicke ich ihn dir! Drück mir morgen für Mathe die Daumen. (Ach nee, da hast du ja meinen Brief noch gar nicht. Siehste, mailen ist viel besser.)

Dein sympathischer Vetter
Jasper

P.S. Oliver meinte doch letztens, die Weiber würden mir bald zu Füßen liegen. Dazu ist mir noch ein Limerick eingefallen.

Ich habe ein Mädel in Füssen,
Die soll mir die Füße küssen.
Sie macht's aber nicht,
Küsst nur mein Gesicht.
Die Füße röchen bescheiden.

Freitag, 7. Mai
Hi, Max!

Ich bin echt bedient! Die Mathearbeit war nicht gerade berauschend. Ob's noch für eine Vier reicht, wird sich zeigen. Schade eigentlich, denn ich hatte mit Weichei ziemlich genau die Aufgaben gemacht, die drankamen. Dummerweise musste ich mir aber dringend Notizen zu meinem ersten Sonett machen, das ich gerade im Kopf hatte. Für den Wettbewerb, you know? Geniale Einfälle gehören halt aufgeschrieben, sonst hat man sie womöglich hinterher vergessen und steht sich dann im Hals.

Das ist nun mal so bei Dichtern. Wenn einen die Muse küsst, darf man sie nicht wegschicken. Also war ich nicht voll bei der Sache und habe prompt irgendwas mit den Winkeln verwechselt.
Apropos Sonett: Habe mir gestern doch nicht das Heine-Buch gekauft, sondern zwei Taschenbücher. Eins von Shakespeare und eins von Maria Rilke. Jetzt blicke ich voll durch! Falls es dich interessiert: Ein Sonett ist ein Gedicht, das aus 14 Zeilen besteht. Zwei Vier- und zwei Dreizeiler in einer ganz bestimmten Reimform. Ich hänge dir mein erstes an, dann siehste schon, John.
Finde ich cool, dass du in den Ferien da bist. Ich muss mal mit meinen Alten verhandeln, wann ich kommen kann. Aber bis dahin sind es ja noch ein paar Wochen und ich muss noch viel tun, vor allen Dingen berenice-mäßig.
Gerade hat Sascha bei uns geklingelt. Ob ich Zeit hätte. Ich habe meiner Mutter gesagt, sie solle ihn wegschicken. Sie wollte natürlich wissen, wieso. Aber ich hab bloß erwidert, ich hätte zu arbeiten. So ganz wird sie mir das nicht abgekauft haben, aber sie hat zum Glück nicht weitergebohrt.

Jetzt telefoniert sie schon wieder seit einer halben Stunde mit Camilla. Mensch Max, da ist was im Busch! Ich hab's im Urin!
So, hier ist »Saschas« Leserbrief. Ich schicke ihn heute noch weg. Wenn die Zeitung den druckt, lache ich mir einen Ast ab.

An die Leserbrief-Redaktion
der Rheda-Wiedenbrücker Morgenzeitung

Betrifft: Zu wenig vernünftige Volksmusik

Obwohl ich erst 14 Jahre alt bin, ärgert es mich außerordentlich, dass die jungen Leute heute nur noch diese Popmusik hören, am liebsten brüllend laut. Außerdem haben sie anscheinend nur Sex im Sinn, anstatt erst einmal den Umgang mit dem anderen Geschlecht von der Pike auf zu lernen.
Die Tanzkurse, in denen man ordentliches Benehmen beigebracht bekommt, bleiben leider unbesucht. So was hat es früher nicht gegeben, sagen meine Eltern.
Warum können sich junge Leute nicht zusammensetzen und gemeinsam anständige deutsche Volkslieder singen? Es gibt doch so schöne, außerdem fördert Singen enorm die Ge-

meinschaft. Vielleicht sollten sich die Politiker auch darüber einmal Gedanken machen.
Wer Lust hat, mit mir einen Volksliederkreis zu gründen, kann mich anrufen. Sascha Mertens, Tel. (02 58) 995 39.

Vielleicht habe ich ein bisschen zu dick aufgetragen. Aber wenn der Leserbrief tatsächlich erscheint, dann lache ich 38 Jahre ununterbrochen, Jochen! Vielleicht findest du ihn gar nicht so witzig, aber wenn du Sascha kennen würdest, dann bestimmt doch. Er hasst nämlich Volkslieder und Tanzschule beinahe so wie ich. So, jetzt noch das versprochene Sonett. Bis zum Ende des Monats muss ich noch vier davon dichten. Ganz schön heavy! Trotzdem, mein Angebot, ein Gedicht für dich zu schreiben, steht wie das Brandenburger Tor um Viertel vor fünf. Musst es nur sagen, Hagen!

Dein sympathischer Vetter
Jasper

Erstes, sehr gelungenes Sonett

Wer wirklich weiß, was Liebe ist,
Den wundert's nicht, dass ich fast sterbe.
Wenn ich die Worte für dich färbe,
Dann nur, damit du mich vermisst.

Dass du so fern bist, find ich herbe.
Ich sehne mich, dass du mich küsst,
Hab Angst, dass du mich bald vergisst,
Dass ich vergeblich um dich werbe.

Ich träume nicht nur nachts von dir,
Auch am Tage bist du mein.
Nimm bitte voll Besitz von mir.

Ich will so gern dein Einz'ger sein.
Ich spiel auf deiner Haut Klavier
Und kriech mit allem in dich rein.

Samstag, 15. Mai
Hi, Max!

Es gibt 'ne Menge Neuigkeiten! Der Leserbrief ist heute Morgen tatsächlich erschienen. Aber ich konnte es gar nicht genießen. Mir ist das Wiehern gestern endgültig vergangen. Die Mathearbeit ist ’ne Fünf minus. Voll abgekackt! Jetzt muss ich es schaffen, in Sport eine Vier zu kriegen. Das kotzt mich an, Jan! Ich habe mir nämlich geschworen nie etwas zu tun, das ich nicht tun will, Bill. Und Fußballspielen will ich wirklich nicht. Auch Bockspringen nicht. Das habe ich einmal gemacht und mir dabei prompt dermaßen die Eier gequetscht, dass ich dachte, das Thema Familienplanung wäre ein für alle Mal erledigt. Eher würde ich einen ganzen Nougatriegel verdrücken, als noch einmal über so ein Ding zu hopsen. Klar, der Waldi, unser Sportlehrer, hat mir gedroht, er würde mir gnadenlos eine Sechs verpassen, wenn ich’s nicht wenigstens versuche. Ich hab ihn nur mitleidig angeschaut und gemeint, er solle tun, was er nicht lassen kann. Jetzt muss ich mir die Sache leider doch noch mal überlegen, denn ich habe voll nicht damit gerechnet, dass ich in Mathe so abkacke. Meine Alten sind stinkesauer, auch weil sie Weichei sozusagen umsonst bezahlt haben (klingt bescheuert: umsonst bezahlt). Sie tun gerade so, als ob ich es cool fände, im nächsten Schuljahr mit noch hirnamputierteren

Pampersträgern zusammenzusitzen. Vom Aussehen her könnte ich glatt ihr Vater sein, you know.
Meine Mutter hat Waldi angerufen und rumgeschleimt, ob er mir nicht noch eine Chance geben würde, wenn ich in den letzten Wochen richtig mitmache. Klar, hat der gesagt, es läge ja sowieso nur an mir. Genau die richtige Antwort für Mam. Alles liegt eh nur an mir. Auf einmal ist ihr mein Zimmer zu unaufgeräumt und es stört sie, wenn ich länger als fünf Minuten im Bad bin. Auch meine Musik ist plötzlich zu laut. Vor allen Dingen bin ich ihr zu faul, Paul.
Nun bleibt die Kiste erst recht weg, außerdem muss ich jeden Abend einen Waldlauf machen. Heiliger Strohsack! Ich und joggen! Das ist, als wenn ein Kondomautomat CDs brennen sollte. Aber vielleicht kann ich das Dämliche mit dem Nützlichen verbinden. Ich muss mal schauen, ob es in der Nähe der Fürst-Bentheim-Straße nicht auch einen Wald gibt.
Übrigens glaube ich, dass heute Mittag Berenice an mir vorbeigefahren ist, bin mir aber nicht ganz sicher. Ich habe ihr jedenfalls zugewinkt, wie sie da so verträumt im Bus saß, und sie winkte zurück. Dabei fiel mir sofort die

erste Zeile für ein neues Sonett ein. Diese Maria Rilke hat mich ganz schön beeinflusst. Ich werde sie als mein Vorbild angeben, wenn ich später mal interviewt werde.
Gerade hat Sascha angerufen. Meine Mutter hat mich ans Telefon geholt. Er ist voll ausgerastet. Ob ich das Schwein wäre, wollte er wissen. Ich hab gefragt, welches er meint, und da sagte er, das wüsste ich genau. Keinen blassen, habe ich gesagt, und dann hat er mich nur noch angefurzt, er hätte voll den Stress zu Hause, das würde ich noch bereuen, und hat aufgelegt. Meine Mutter stand natürlich wieder daneben (entweder sie oder Nervzicke – ich weiß schon, warum ich Telefonieren ablehne!). Prompt wollte sie wissen, was das denn für ein komisches Gespräch gewesen sei. Ob es Krach zwischen uns gäbe, und wenn, wieso.
Eigentlich ist sie bestimmt froh, dass ich mit Sascha nichts mehr mache, denn sie konnte ihn nie leiden und glaubt, er hätte mich nur zum Faulenzen verführt (hab mal aufgeschnappt, dass sie so was meinem Daddy geflüstert hat). Trotzdem tut sie jetzt so, als ob sie sich Sorgen mache. Komisch, die Alten. Nie geradeaus. Immer ein Hintergedanke, Anke! Das Übelste habe ich mir für den Schluss

aufgehoben. Camilla zieht wieder ein! Heute Morgen beim Frühstück haben es mir meine Alten gesteckt, scheinbar beiläufig, als ob es darum ginge, dass Nachbars Pudel gerülpst hat. Meine Ahnungen waren also leider richtig. Nervzicke hat sich voll mit Oliver verkracht und ist sauer auf ihn. Meine Mutter auch, welche Überraschung! Ich halte natürlich zu Oliver, aber im Moment ist es nicht besonders clever, das laut zu sagen. Warum, ist klar, Balthasar. Oje! Ich glaube, ich muss so schnell wie möglich hier raus. Habt ihr nicht Verwendung für ein weiteres Familienmitglied, Siegfried? Im Ernst, lieber nehme ich deine kleine Schwester in Kauf. Die stresst zwar auch voll, ist aber wenigstens nicht so eine Nervzicke wie Camilla.
Platz hättet ihr doch eigentlich genug, oder? Wenn man das Gästezimmer auf dem Speicher ein wenig umräumen würde ... Ich bin mal gespannt, ob ich jetzt überhaupt noch zum Dichten komme. Drück mir die Daumen, bitte! Morgen haben wir Sport und mir graust schon davor, zum Waldi zu gehen und den Schwanz einzuziehen. Aber ich vermute, ich mach's. So ist das kein Leben, eben.
Ach ja: Das Problem mit dem Drucker hatte ich

anfangs auch. Weißt du, wie man die nötigen Treiber installiert? Du hast ja eine CD oder eine Diskette für den Drucker bekommen. Die solltest du noch einmal einlegen und kackfrech drüberinstallieren.

Dein sympathischer Vetter
Jasper

Dienstag, 25. Mai
Hi, Max!

Herzlichen Glückwunsch zu Eronvika! Musst du mir unbedingt genauer schildern. Mensch, wie lange ist das her, dass ihr euch nicht mehr getroffen habt, und dann gleich das komplette Hauptprogramm! Mein Neid ist dir gewiss, Chris! Muss ich zugeben. Auch, dass ihr den Mut hattet, finde ich hammerhart. Was hättet ihr denn gemacht, wenn Eronvikas Eltern früher nach Hause gekommen wären? Die fänden es doch bestimmt nicht cool, wenn Fräulein Tochter während ihrer Abwesenheit das Höschen auszieht ... Hast du dir das Gummi drübergestülpt oder sie?

Bei uns wäre so was sowieso unmöglich. Immer ist jemand da. Vor allen Dingen Nervzicke, you know. Die hängt von morgens bis abends im Wohnzimmer rum und betet den Fernseher an. Kein Wunder, dass sie nichts in der Birne hat. Ich kann Oliver sehr gut nachfühlen, dass sie ihm auf den Sack gegangen ist. Ach, der Oliver! Hoffentlich vergisst er nicht, dass er mir neulich was versprochen hat.

Heute Morgen ist mir Nervzicke schon mächtig auf den Senkel gegangen. Ich stehe gemütlich unter der Dusche und will in Ruhe meinen Jürgen würgen, da hämmert sie wie bescheuert an die Tür und kreischt, sie müsse auf den Bottich, ich solle sofort rauskommen. Unter solchen Bedingungen soll man in Stimmung kommen!

Cool, dass du auf mein Geburtstagsangebot zurückkommst. Klar, mache ich! Ein Liebesgedicht für Eronvika ist ’ne Idee. Das hat was. Okay, du darfst behaupten, es wäre von dir. Aber nur dies eine Mal! Lieber wäre es mir, wenn du es bei Eronvika selbst versuchen würdest. Stell dir vor, sie fällt in Ohnmacht vor Glück und will dann immer wieder ein neues Gedicht.

Ich muss mich im Moment voll auf den Wettbewerb konzentrieren und außerdem fallen mir nur zu Berenice richtig geniale Verse ein. Aber weil du es bist: Ich schreibe dir das ultimative Liebesgedicht. Wie sieht Eronvika eigentlich aus? Such mal schnell ein Foto von der Zuckerbraut und dann ab in den Umschlag damit. Schließlich muss ich als Dichter schon wissen, wen ich in schöne Reime kleide! Soll es eher romantisch oder eher versaut sein? Du musst mir dann aber auch alles erzählen, wie sie darauf abfährt und so weiter.
Ach ja, auch noch herzlichen Glückwunsch, dass du bei diesem Turnier letzte Woche Torschützenkönig geworden bist. Fällt mir echt

schwer, mir so was vorzustellen, aber weil du nun mal dieses Hobby hast, schüttel ich dir kräftig die Flosse und rufe dir ein »Weiter so!« quer durch Deutschland zu.
Jetzt gehe ich joggen. Es gibt in der Nähe der Fürst-Bentheim-Straße einen Sportplatz, da darf man seine Runden drehen, sogar unter Flutlicht. Vielleicht habe ich ja endlich Glück und sehe Berenice. Allmählich kann ich es nicht mehr gut wegstecken, dass ich so einsam bin. Besonders wo du jetzt auch noch im erotischen Glücksmeer kraulst, komme ich mir vor wie einer, der sein Goldabzeichen im Schwimmen machen will, aber der Bademeister hat das ganze Wasser abgelassen, der Arsch.

Dein sympathischer Vetter
aus Rheda-Wiedenbrück
Jasper

Mittwoch, 26. Mai
Hi, Max!

Das ging ja flottikofski mit dem Foto. Die sieht ja voll geil aus, Kompliment! Hier also dein nachträgliches Geburtstagsgeschenk. Ich bin echt gespannt, ob sie drauf steht. Meine Eltern haben eine CD von den *Comedian Harmonists*. Kennste die? War wirklich eine geile Singkapelle, ich glaube, vor dem Zweiten Weltkrieg. Die hatten einen Number-one-Hit, der hieß »Veronika, der Lenz ist da«. Normalerweise stehe ich nicht auf die Musik, die meine Alten mögen. Meistens hören sie zum Glück gar nichts, aber wenn, dann solche Schlager, dass man meint, die Haare würden fettig. Aber »Veronika, der Lenz ist da« ist voll amtlich. Ich hatte den Song im Kopf, als ich das Gedicht schrieb, und deshalb kann es sein, dass ich ein bisschen geklaut habe. Hoffe, das macht dir nichts aus, Klaus.

Veronika
Von Max Schlieper

Ach, mein Traum, Veronika.
Ich sehe dich und schrei Hurra!
Wie du in deiner Bluejeans steckst!
Du hast mich wirklich voll verhext.

Veronika, dein Max ist da!
Er streichelt durch dein blondes Haar,
Er gibt dir einen zarten Kuss,
Weil er dich einfach küssen muss.

Veronika, mein Max ist stramm,
Du bist 'ne wahnsinnscoole femme*.
Du machst mich glücklich, weißt du das?
An dir zu fummeln, das macht Spaß.

Veronika, mach Lieb mit mir.
Ich brauche das, kann nichts dafür.
Komm, zeig mir alles, was du hast.
Veronika, wie gut du zu mir passt.

* Das ist französisch und man spricht es »famm« aus, deshalb geht das mit dem Reim in Ordnung.

Bald mehr.
Ich bin jetzt in Eile!

Dein sympathischer Vetter
Jasper

Donnerstag, 27. Mai
Hi, Max!

Du machst ja super Fortschritte PC-mäßig. Leider kann ich mir eure Vereinshomepage im Moment nicht ansehen, denn ich darf meine Kiste nicht anwerfen und für eine halbe Stunde Internet-Café fehlt mir die Knete, Grete.
Eine Katastrophe ist eingetreten! Nervzicke hat einen neuen Kerl. Und wenn ich dir jetzt verrate, wer es ist, fällst du bestimmt genauso steif nach hinten wie ich: Weichei Lars! Und ich war schon so froh, dass ich nie mehr dieses Billig-Deo riechen müsste. Ich muss hier raus, Klaus! Camilla ist von irgendeiner Hirnkrankheit befallen, dass sie sich den Ohrenpuler freiwillig antut. Meine Mutter ist natürlich happy. War klar. Sie steht voll auf den Schmieri. Wie kann man nur Mathe und Physik studieren?

Die Schule geht mir gehörig auf den Sack. Thorben Müller-Klauke hat mich gefragt, ob ich ihm bei seiner Homepage helfen würde. Ausgerechnet der! Erst mich Wichser nennen und dann um mein Know-how betteln. Solche Typen habe ich gefressen! Klar, hab ich ihm gesagt. Ich nehm 50 Mark die Stunde. Fand er gar nicht witzig.
Hast du Eronvika das Werk schon überreicht? Meine Mam hat mir erzählt, dass du sie am Sonntag mit nach Hause gebracht hast. Deine und meine telefonieren ja in letzter Zeit fast täglich miteinander. Aber mir vorhalten, dass die Telefongebühren zu hoch sind, wenn ich mal kurz was im Internet suchen will! Außerdem bekomme ich meine Kiste sowieso nur wieder, wenn ich die Versetzung schaffe. Das wird sich in den nächsten Tagen entscheiden. Ich muss morgen in der großen Pause zu Waldi. Er will mit mir reden. Na ja, besser so, als wenn ich mich bei ihm einschleimen müsste. Hat schon gereicht, dass meine Mutter ihm die Backe voll geheult hat neulich.
Übrigens: Saschas Leserbrief hat eine ganze Menge Wirbel gemacht. Danach sind noch ein paar Leserbriefe in der Zeitung erschienen, die Sascha gratulierten und ihm voll Recht gaben.

Hammerhart! Das Thema scheint in ganz Rheda diskutiert zu werden. Kannste mal sehen, wie man mit ein paar kleinen Sätzen Politik machen kann. Der Arsch ist jetzt überall als Liederfreund und Sexmuffel bekannt. Geschieht ihm ganz recht, Knecht.
Mit meiner Arbeit an den Sonetten bin ich weitergekommen. Wenn man oft genug bei Maria Rilke nachliest, kommen einem die besten Verse wie von selbst. Das ist übrigens gar keine Dichterin, wie ich zuerst angenommen hab, sondern doch ein Kerl. Rainer heißt er eigentlich bzw. hieß er, denn er ist schon tot. Wahrscheinlich hatten sich seine Eltern eine Tochter gewünscht und haben ihm die Maria gleich mit verpasst. Gar nicht so dumm, finde ich. Da steckt schon die ganze Erotik drin, von wegen Männliches und Weibliches. Vielleicht nenne ich mich später als Künstler Jasper Maria Moritz.
Gestern Abend habe ich Berenice beinahe gesehen. Beim Joggen. Aber nur beinahe, denn als ich hinrannte, hab ich erkannt, dass ich mich irrte. Es war die, der ich neulich im Bus zugewinkt habe. Da bin ich mir sicher. So eine Scheiße! Meinst du, ich sollte mich besser langsam mal auf eine andere Braut konzentrie-

ren? So kann das doch nicht weitergehn, Marleen! Seelische Vereinsamung nennt man das. Trockenkussübungen? Nee, die habe ich komplett aufgegeben. Jetzt ist live angesagt und ich weiß ja seit Koblenz, dass ich es kann, Johann. Außerdem, was interessiert dich das noch, wo du es doch mit deiner Keule getrieben hast? Erzähl endlich mal, wie das genau abgegangen ist! Ich muss alles wissen.

Dein sympathischer,
aber seelisch vereinsamter Vetter
Jasper

Donnerstag, 3. Juni
Hi, Max!

Letzte Woche war ich in der großen Pause bei Waldi. Er hat versprochen mir eine Vier zu geben, wenn ich in den kommenden Sportstunden bei allem mitmache. Ich hab gesagt: »Okay, aber kein Geräteturnen.« Er grinste sich einen und meinte, das müsse ich schon ihm überlassen. So nach dem Motto: Ich bin hier der Boss.

Heute hatten wir dann auch schon Sport und er ließ die Mädchen Volleyball und die Jungs Fußball spielen. War ganz witzig, habe prompt ein Tor geschossen, als Waldi gerade hingeschaut hat. Na ja, 'n bisschen Glück braucht jeder. Wenn das Wetter gut ist, müssen wir beim nächsten Mal raus auf den Sportplatz. Laufen und Weitsprung. Da kann ich zur Not auch noch mitmachen. Es sieht also ganz ordentlich aus, Maus. Meinen Alten habe ich natürlich nichts davon erzählt, denn wenn es doch nicht hinhaut, ist der Frust nachher umso größer. Mathe ist eh gelaufen. Die Sauerwein würdigt mich keines Blickes mehr. Behandelt mich wie einen Karieskranken an der Kuchentheke.
Und jetzt noch ein Hammer: Sascha hat mich soeben vor dem Haus abgefangen. War scheißfreundlich.

Hat sich tatsächlich bei mir dafür entschuldigt, dass er mich verdächtigt hat. Er wisse jetzt, wer den Leserbrief verzapft hat: Philip nämlich. Ich musste mir echt auf die Zunge beißen, um nicht laut loszulachen. Aber wo ich nun gerade mal so mit ihm dastand, habe ich ganz beiläufig gefragt, ob er immer noch in den Stadtpark ginge. »Klar«, meinte er und da habe ich ihn gefragt, ob er Berenice mal wieder gesehen habe. Zuerst wusste er nicht, wen ich meinte, aber dann schnallte er es. Ja, er hat sie noch ein paar Mal gesehen! Berenice soll sogar nach mir gefragt haben. Scheiße hoch 70, und ich ahnte nichts davon, John! Was ich heute Nachmittag mache, ist ja wohl klar!

Dein sympathischer Vetter
Jasper

Samstag, 12. Juni
Hi, Max!

Vorgestern war ich im Stadtpark. Außer den Rauchertypen niemand da. Voll der Schuss in den Ofen. Also gestern wieder hin und da sa-

ßen plötzlich alle. Auch ein paar neue Gesichter, Weiber vor allem. Von Berenice allerdings keine Spur. Sascha hat im Beisein der anderen wieder den Coolmannsdörfer raushängen lassen und mich mit Berenice aufgezogen. »Na, suchste wieder die Schlampe, Dichterchen?« Diesmal habe ich allerdings nicht zu heulen angefangen, sondern ihm die voll coole Antwort verpasst: »Was machst du eigentlich hier? Geh doch lieber in deinen Singkreis und übe ›Das Wandern ist des Müllers Lust‹.« Das hat gesessen! Er ist stinkig geworden und wollte mir eine verpassen. Hat er aber natürlich nicht gemacht.
Auf dem Rückweg habe ich Oliver getroffen mit seiner Neuen. Ein Superweib, kann ich dir sagen. Ich hab ihn gefragt, ob er das mit der Sauna trotzdem, also auch nach der Trennung von Nervzicke, noch machen würde, und er meinte, klar, Sarah und er würden mich nächsten Samstag mitnehmen. Wie ich das allerdings meiner Mam verklickern soll, davon habe ich noch keinen blassen Schimmer. Erstens lässt sie mich jede Wette nicht in eine gemischte Sauna gehen, und zweitens schon gar nicht mit Oliver. Der hat es bei ihr nämlich bis zum nächsten Jahrtausendwechsel ver-

schissen, wegen Camilla. Angeblich hat er sie wegen der Neuen sitzen lassen. Haha, kann ich da nur sagen. So groß kann die Trauer darüber ja nicht gewesen sein, sonst würde Nervzicke jetzt nicht mit Weichei rummachen. Sei froh, dass deine Schwester noch klein ist!
Sport gestern war übrigens ganz gut. Ich bin beim 1000-Meter-Lauf als Dreizehnter durchs Ziel gelaufen. Waldi meinte: »Na also!« Springen war nicht so dolle, na ja, ging so. Immerhin, ich habe es versucht. Waldi gibt mir die Vier, da bin ich mir ziemlich sicher. In zwei Wochen sind Konferenzen. Bis dahin muss ich noch durchhalten. Dann hat die rechnerlose Zeit hoffentlich ein Ende. Daddy hat auch schon gesagt, es müsse eigentlich längst mal wieder was an der Homepage getan werden. Wahrscheinlich nervt es ihn selbst, dass ich nicht an die Kiste darf.

Dein sympathischer Vetter
Jasper

P.S. Was hat Eronvika zu dem Gedicht gesagt?

Montag, 14. Juni
Hi, Max!

Habe fest mit Post von dir gerechnet. Sei froh, dass du nicht gerade bei uns bist. Hier stinkt es widerlicher als auf dem Bahnhofsklo! Entweder hängt eine Billig-Deo-Wolke in der Luft (immer, wenn Weichei da ist oder war) oder es riecht nach Süßem. Wie jetzt, wo mein Vater einen Karton Kokosflocken mitgebracht hat. Ich kann gar nicht so viel essen, wie ich kotzen möchte.

Mein neues Sonett ist dafür aber total genial. Was meinst du? Jetzt fehlt mir nur noch eins. Dann schickt J. Moritz alles an die Zeitung.

Mal sehen, ob ich am Wochenende Gelegenheit habe, in den Wald zu gehen. Da kann man super dichten, sich von den Bäumen inspirieren lassen. Rainer Maria hat das auch gemacht. Ich lese gerade eine Biografie über ihn. Voll der coole Typ!
Ich will ja nicht nerven, aber du hast mir immer noch nicht erzählt, wie das abgegangen ist zwischen Eronvika und dir. Habt ihr es inzwischen noch mal gemacht? Wieder bei ihr? Du kannst ruhig ausführlich sein, Hein! Was ist übrigens mit dem Gedicht?

Dein sympathischer Vetter
Jasper

An Berenice
Von Jasper Moritz

Halte die Flamme am Schwelen,
Wärmt sich mein Herz sonst doch nie.
Ich folge all deinen Liebesbefehlen.
Komm her zu mir und stelle sie.

Du willst meinen Kuss? So nimm ihn.
Er tut dir meine Liebe kund.
Meine Zunge kreiselt keck darin.
Ich lutsch dir deine Lippen wund.

Berenice, bitte! Sei doch immer
Hier in meinem Wollust-Zimmer.
Dann will ich gern dein Diener sein.

Ohne dich bin ich allein. Allein!
Nur zu sterben wäre schlimmer,
Oder nicht mal das. Ach nein!

Mittwoch, 16. Juni
Hi, Max!

Jippiii! Ich habe sie getroffen! Jippiii! Wenn das mal kein genialer Wink des Schicksals war! Könnte jetzt über drei Seiten nur noch *jippiii* tippen, aber das bringt dann auch nichts, außer dass ich bei

der alten Schreibmaschine vielleicht eine Sehnenscheidenentzündung kriege.
Gestern Nachmittag musste ich mit meiner Mutter in die Stadt. Sie hatte einen Termin beim Frauenarzt und danach wollten wir zusammen Klamotten für mich kaufen. Ich war also schon mächtig angenervt, denn mit ihr ist Shopping ungefähr genauso cool wie mit deiner. Warum gibt sie mir nicht einen Hunni und lässt mich allein aussuchen?
Im Wartezimmer von Dr. Flemke zu sitzen hat auch keinen großen Fun-Faktor. Irgendwie immer eine ungute Stimmung da. Nicht mal vernünftige Zeitschriften, nur so Modezeugs.
Meine Mutter geht gerade ins Behandlungszimmer rein, da kommt Berenice raus. Die beiden sind sich voll in der Tür begegnet. Berenice sah ganz schön fertig aus. Sie wollte nicht sagen, was sie hat. Irgendeine Frauensache, nehme ich an. Ob sie sich vorstellen könnte mit mir einen Spaziergang im Wald zu machen, habe ich sie gefragt. Ja, ja, ja! Sie kann! Nur weiß sie noch nicht, wann. Ich soll sie am Samstag anrufen. Und schon war sie wieder weg.
Da fiel mir Blödmannsgehilfen ein, dass ich ihre Adresse ja gar nicht hatte. Und anrufen kommt eh nicht infrage, you know. Also nichts

wie hinterher. So schnell war ich noch nie. Ich erwischte sie gerade noch vor dem Fahrstuhl. Mussten beide kichern über meine Blödheit. Aber jetzt habe ich alles, was das Herz begehrt, Gerd. Ich schreibe ihr den oberamtlichen Brief. Und was für einen! Schreiben ist ja meine Berufung. Mensch, Max, ich habe das Gefühl, alles wendet sich zum Coolen. Hab eine solche Power, dass ich heute beim Fußball gleich zwei Tore schoss: eins für meine Mannschaft und ein Eigentor. War aber nicht so schlimm. Waldi meinte, ich hätte echt Talent zum Kicken (ersetze das K durch ein F und du hast Recht, habe ich gedacht, aber ich konnte es mir gerade noch verkneifen). Also wenn du mich fragst: Die Vier ist gebongt! Ich bin vielleicht ein Verknallter, Walter!
Gib Eronvika doch endlich das Gedicht! Worauf wartest du eigentlich noch? Was du von dem Typen schreibst, mit dem Eronvika in der Disco war, finde ich nämlich ehrlich gesagt auch sehr bedenklich. Ist es ihm denn Brause, dass sie schon einen Kerl hat, mit dem sie es treibt? Na ja, sie scheint ihn ja ziemlich gut zu finden, wie ich die Sache sehe. Mach dir aber keine Sorgen! Vielleicht solltest du dich ein bisschen mehr um sie kümmern. Okay, ich

weiß, dass du für deine Fußballmannschaft wichtig bist, aber jeden Samstag und Sonntag auf dem Sportplatz ist für Eronvika echt nicht der erotische Brüller, Müller. Geh doch mal mit ihr ins Schwimmbad oder so was. Am besten in die Sauna. Oliver hat übrigens unseren Saunatermin verschoben, er muss noch einmal zu so einer Schieß-Übung.
Vielleicht wird ja alles wieder bestens, wenn du Eronvika das Gedicht überreichst. Ohren hoch, Max!

Dein sympathischer Vetter
Jasper

Freitag, 18. Juni
Hi, Max!

Prompte Antwort, vielen Dank! Habe ich es dir nicht gesagt? Wenn sie erst mal das Gedicht bekommt, will sie mehr, Giselher. Na ja, freut mich natürlich, dass es so gut angekommen ist, aber jetzt hast du den Salat. Tja, Max, es hilft nichts, du musst wohl selbst mit dem Dichten anfangen. Von mir aus nimm noch das, das ich

bei euch in Dingelstedt geschrieben habe. Da kommt kein Name drin vor und du kannst behaupten, du hast es für sie verfasst. Mehr kann ich für dich in dieser Angelegenheit nicht tun, höchstens noch, dass ich dich berate, Renate.
Was sagst du dazu: Ich hab eine Karte von Finzy bekommen! Camilla hat sie mir beim Mittagessen spöttisch überreicht. Sie, also Finzy, schreibt, dass sie dauernd an mich denken muss und unsere Küsse voll cool fand. Sie möchte mich wieder sehen. Ist das nicht verrückt? Gerade jetzt, wo ich Berenice endlich gefunden habe (was für ein Glück, dass sie zum Arzt musste, sonst hätte ich sie womöglich nie mehr getroffen!), tun sich mir tausend erotische Möglichkeiten auf. Ich glaube, ich bin echt ein Weibertyp, wie Oliver gemeint hat. Was denkst du, Lou? Mal sehen, ob ich Finzy antworte. Man soll sich ja nicht verzetteln.
Stell dir bloß vor, die evangelische Gemeinde hat wegen der regen Nachfrage in der Öffentlichkeit einen Volksliedersingkreis für Jugendliche gegründet. Ich lach mir einen Ast ab! Vielleicht sollte man noch viel mehr Leserbriefe schreiben. Damit erreicht man scheinbar mehr, als wenn man die bescheuerten Politiker wählt. Interessierst du dich eigentlich für Poli-

tik? Ich schon, aber eigentlich immer nur, wenn ich mich mal wieder tierisch aufregen will. Im Moment brauche ich dazu keine Politiker, denn Camilla und meine Mam schaffen das schon ganz allein.
Den Brief an Berenice habe ich persönlich in ihren Briefkasten geworfen. Hatte nämlich gehofft, ich würde ihr zufällig begegnen. War aber nicht so, Joe. Ich habe ihr darin angedeutet, wie sehr ich die Lampen anhabe. Und dass ich Gedichte für sie geschrieben habe. Und dass ich kein Telefon anfasse. Hoffentlich will sie jetzt trotzdem noch mit mir spazieren gehen. Manche haben es ja nicht so mit Intellektuellen, Sue Ellen. Morgen weiß ich vielleicht mehr. Montag könnte ich übrigens mit Oliver und Sarah in die Sauna gehen. Habe sie in der Stadt getroffen. Eintrittsgeld ist kein Problem, Oliver lädt mich ein. Ich weiß nur noch nicht, was ich Mam erzählen soll. Wenn sie erfährt, dass ich was mit Oliver unternehme, ist der Ofen aus.
Meine Eltern kommen mir im Augenblick sowieso merkwürdig vor. Höchst merkwürdig sogar. Sonst haben sie mich jeden Tag gelöchert, wie es in der Schule war, und seit ein paar Tagen kein Wort mehr! Irgendwas ist da im Busch. Hast du vielleicht 'ne Ahnung? Kann

ja sein, dass dir deine Mutter was gesteckt hat. Meine Sonette für den Wettbewerb sind fertig. Gleich stecke ich sie in einen Umschlag und dann ab damit. Bin wirklich gespannt, ob sie zu denen gehören, die veröffentlicht werden. Sein kann das, denn ich finde, dass meine Gedichte fast so gut sind wie die von Rainer Maria, und von dem gibt es ziemlich viele Bücher. Ist vielleicht nicht gerade bescheiden, wenn ich so was sage, aber von der so genannten Bescheidenheit halte ich eh nicht viel. Führt doch zu nix! Stell dir vor, du wüsstest genau, dass du der beste Stürmer deiner Mannschaft wärst, und jemand würde fragen: »Wer ist denn der beste Stürmer eurer Mannschaft?« Wäre doch bescheuert, wenn du dann nicht »Ich!« antworten würdest.

Dein attraktiver Vetter
Jasper

Berufung

Von Jasper Moritz

Berenice, deine Brüste machen mich an:
Zwei baumfrische Birnen,
mit Kirschen garniert.
Ich habe sie stundenlang angestiert.
Weiß nicht, ob ich es noch aushalten kann.

Das Schauen ist sicherlich wunderschön,
Doch will ich die Birnen endlich berühren,
Will ihre Schale am Finger spüren.
Wie soll ich sonst noch überstehen?

Berenice, okay, ich bin noch sehr jung.
Verstehe das nicht als Beleidigung!
Meine Hände sind nun am Ziel.

Ich bin nicht wie andere in meinem Alter.
Dein, Berenices, Büstenhalter
Ist, was ich einst werden will.

Donnerstag, 24. Juni
Hi, Max!

Ich finde es wirklich empörend, dass einem die eigenen Eltern nicht erzählen, was Sache ist, aber die Verwandtschaft weiß natürlich alles. Danke, dass du es mir geschrieben hast. Klar verrate ich nicht, dass ich es von dir weiß. Ich sage gar nichts, warte einfach ab, bis meine Alten von selbst damit rausrücken.
Ehrlich gesagt, dass der Laden pleite ist, geht mir am Arsch vorbei. Du kennst ja meine Sympathien für Marzipan und Süßkram überhaupt. Die Frage ist nur, wo jetzt die Kohle herkommen soll.
Kerl, wenn doch endlich Ferien wären! Wir machen in der Schule sowieso nur noch Scheiß. Kein Mensch hat mehr Bock, und die Lehrer schon gar nicht. Nur Waldi.
In Sport bekomme ich, ob du es glaubst oder nicht, eine Drei! Waldi hat es mir heute nach dem Unterricht geflüstert. Er wäre tierisch froh, dass ich so prima mitgemacht hätte in letzter Zeit, und die Drei soll mich für das nächste Schuljahr motivieren. Eigentlich ist der Mann ganz in Ordnung, finde ich. Das bedeutet nämlich: Versetzung geschafft!

Scheiße, ich habe gegen meine eigenen Prinzipien verstoßen. Als nämlich keine Antwort auf meinen Brief kam, konnte ich es nicht aushalten und habe Berenice am Samstag angerufen. Hui, ich war ganz schön nervös, ehrlich gesagt. Wäre aber nicht nötig gewesen.
Sie hat sich über meinen Brief gefreut. Leider klappt es nicht mit unserem Date, weil sie für eine Woche ins Krankenhaus kommt. Nichts Schlimmes, meinte sie. 'ne Frauensache, you know. Wenn alles gut geht, kommt sie am Freitag wieder raus und dann will sie sich bei mir melden. Leider habe ich Blödmannsgehilfe verschusselt sie nach dem Krankenhaus zu fragen. Wäre ja eine Superchance gewesen, sie da zu besuchen. Aber wer weiß, vielleicht steht sie da gar nicht drauf.
Was ist nun mit Eronvika? Erzählst du mir die Sache oder willst du einfach nicht? Hast du eigentlich schon was für sie gedichtet?
Gerade steckt meine Mutter den Kopf in die Tür und sagt, sie hätte mit mir zu reden. Na endlich! Dann mache ich also mal Schluss, Gus.

Dein sympathischer Vetter
Jasper

An maxschlieper@compi.com 24. Juni, 19:03
Hi, Max!

Na endlich! Es ist doch noch wahr geworden. Mein Brief, den ich soeben in den Kasten geworfen habe, ist damit praktisch überholt. Jetzt geht die elektronische Post ab. Ich muss dir unbedingt erzählen, wie das kam.
Also: Meine Mutter rückte heute Nachmittag mit der Sprache raus. Unser Geschäft ist nicht, wie du gemeint hast, pleite, aber es trägt sich wohl nicht mehr. Mein Vater hat es an eine Lebensmittelkette verkaufen müssen. Die fangen in einer Woche an den Laden komplett zu renovieren. Dad hat aber Glück, denn sie stellen ihn als Geschäftsführer ein. Vom Gehalt her wird es uns, meint Mam, nicht schlechter gehen als bisher. Außerdem will sie ab Herbst eine Halbtagsstelle in einer Boutique annehmen, aber das weißt du bestimmt schon von deiner Mutter. Dann haben wir sogar mehr Knete, Grete! Ob ich davon allerdings profitiere, wage ich zu bezweifeln.
Tja, und wo wir gerade dabei waren, habe ich ihr die positive Mitteilung gemacht, dass ich versetzt werde. Sie hat sich ein Bein abgefreut. Zumindest hat sie so getan. Ich wollte natürlich wissen, ob ich meine Kiste wiederbekomme. Normalerweise

entscheidet sie das nur mit Dad zusammen, aber du siehst ja, ich hab sie schon wieder, Frieder. Und die erste Aktion ist, na logisch, eine Mail an Vetter Max. So, jetzt guck auch schön in deinen E-Mail-Briefkasten, damit wir was davon haben, dass es jetzt so schnell hin- und hergeht.

Dein ~~vernetzter~~ versetzter Vetter

An maxschlieper@compi.com 24. Juni, 20:41

Hi, Max!

Du Dummdödel! Warum antwortest du nicht? Ich warte auf deine erste E-Mail!

Cu

An maxschlieper@compi.com 24. Juni, 21:25

Mann! Wofür hast du einen E-Mail-Anschluss, wenn du nicht in den Briefkasten guckst?

Cu

An maxschlieper@compi.com 24. Juni, 22:07
Hi, Max!

Entschuldige mein Drängeln. Gerade habe ich erfahren, dass du heute gar nicht zu Hause bist. Dann kannst du natürlich auch nicht antworten. Jedenfalls wird dir deine Mam ja wohl ausrichten, dass du Post hast. Hoffe ich wenigstens.
Bei mir im Zimmer stinkt's bestialisch. Diesmal nicht nach Billig-Deo, denn Weichei hat die Marke gewechselt, weil Camilla auf Da-wie-doof steht. Er hat soeben bei mir geklopft und mir zur Versetzung gratuliert, der Schleimbeutel. Am liebsten hätte ich ihm was gepfiffen, aber, na ja, man will ja seinen Frieden. An ihm liegt es jedenfalls nicht, das ist wohl mal klar, Herr Vikar!
Ich schreibe gleich noch einen Brief an Berenice und dann gehe ich ins Bett und übe die Präsereinhandüberstülpung.
Ach ja: Du hast wirklich keine Ahnung vom Mailen. Cu bedeutet, wenn man die beiden Buchstaben englisch ausspricht, »see you«, also tschüssikovski.

Cu

An maxschlieper@compi.com 28. Juni, 14:29

Hi, Max!

Wie gut, dass ich heute als Erster am Briefkasten war! Post von der Zeitung, du ahnst es: Sie haben den Erhalt meiner Sonette bestätigt. Jetzt bin ich also dabei.

Wann ist denn das Auswärtsturnier, von dem du schreibst? Hoffentlich nicht gerade in der Woche, in der ich nach Dingelstedt kommen will. Nicht schon wieder!

Weißt du was? Ich an deiner Stelle würde Eronvika einen gefühlvollen Arschtritt geben. Lass dich doch nicht für blöd verkaufen! Klar ist sie in den Discoheini verknallt. Das sieht doch ein Komplettblinder mit abgedunkelter Sonnenbrille! Gibt's eigentlich keine anderen in Dingelstedt, auf die du scharf bist? Wenn ich komme, sehe ich mir eure Keulen mal aus der Nähe an, Johann!

Noch vier Tage, bis sich Berenice meldet. Ich halte es kaum aus.

Cu

An maxschlieper@compi.com 29. Juni, 19:34
Hi, Max!

Herzlichen Glückwunsch zu deiner Entscheidung, Madame Eronvika in die Wüste zu schicken. Jetzt brauchst du auch nicht das Dichten anzufangen. Liegt dir eh nicht so, habe ich Recht, Brecht? Trotzdem will ich deine heiße Story noch wissen. Also bitte, hau rein!
Weißt du, dass ich ein oberhirnamputierter Schwachmatiker bin? Ja, das bin ich! Ich habe nämlich den Brief von der Zeitung auf meinem Bett liegen lassen. Eben beim Mittagessen ging's dann los. Was ich denn mit Dads Post mache? Mein Vater kriegte gleich solche Ohren. »Nichts«, habe ich gesagt. »Wieso?« Mam hat den Brief geholt und ihn meinem Vater gegeben. Der las ihn flüchtig und schüttelte nur den Kopf. »Verstehe ich nicht, muss eine Verwechslung sein. Ich habe nie irgendwo was hingeschickt ... und Gedichte schon mal gar nicht! Erotische Sonette, so ein Quatsch!«
Wenn ich wenigstens nicht hätte grinsen müssen! Das wäre vielleicht meine Chance gewesen. Alles hätte wie ein Missverständnis ausgesehen. Zu spät, Fred. Meiner Mutter ist es voll peinlich, dass ihr Sohn solchen »Schweinkram« schreibt. Und dann ausgerechnet in der Tageszeitung, die unsere

Kunden und Bekannten lesen. Ich musste ihr die Sonette natürlich sofort zeigen. Habe versucht ihr zu erklären, dass es Kunst ist, aber sie ist da offensichtlich anderer Meinung. Nervzicke auch, logisch. Wie wir denn jetzt dastünden! Die ganze Stadt würde womöglich mit den Fingern auf uns zeigen! Ach Gotto, Otto!
Mist, die Stimmung war so gut in letzter Zeit. Jetzt herrscht wieder dicke Luft in der Bude, Trude. Bin ich aber selbst schuld, ich Blödmannsgehilfe!
Eine Erfreulichkeit noch: In Deutsch bekomme ich eine Eins, Heinz. Berti (unser Deutschlehrer heißt Vogts, deshalb nennen wir ihn so) meinte, er habe irgendwo gehört, dass ich Dichter sei. Ob das stimme? »Klar«, habe ich gesagt, »vielleicht werden meine Sachen sogar bald gedruckt.« Ob ich ihm nicht mal was zeigen könne? »Logo«, hab ich geantwortet. Obwohl, bei dem ist es mir voll peinlich. Welches von meinen Gedichten, die du kennst, würdest du nehmen, Max?
Warum weiß ich eigentlich gar nicht, wie du in der Schule bist? Und was noch viel wichtiger ist: Wann erzählst du mir endlich ... na, du weißt schon?

Cu

An maxschlieper@compi.com 29. Juni, 20:04
Hi, Max!

Meine Mam macht immer noch Theater wegen der Gedichte. Die nervt voll!
Zum Glück ist sie heute Abend mit Nervzicke beim Aerobic. Mein Vater ist, was die Gedichte angeht, schon vernünftiger. Meint, die Sache wäre gar nicht so schlimm, ich solle mir deswegen keinen Kopf machen. Er ruft morgen bei der Redaktion an und sagt, dass es sich um einen Dummejungenstreich handle, und aus die Maus. Muss ich mir wohl gefallen lassen. Künstlerpech! Er wird sie bitten die Gedichte zurückzuschicken. Schon wegen Mama. Damit ist der Fall für ihn erledigt.
Eigentlich schade, finde ich, die Gedichte sind nämlich wirklich voll genial und ich bin sicher, ich wäre berühmt geworden.
Noch was hat Dad abgelassen: Wenn ich mal Probleme mit meiner Sexualität hätte, solle ich mich ruhig vertrauensvoll an ihn wenden. Er hätte so was ja alles auch schon mal durchgemacht. Haste Jasper schon mal fett grinsen sehen?

Cu

An maxschlieper@compi.com 29. Juni, 21:29

Hi, Max!

Noch drei Tage, bis sich Berenice meldet. Und ausgerechnet jetzt bekomme ich am Kinn einen ganzen Park von Pickeln. Richtig dicke Flatschen, die sogar auf dem Hintern eines Pavians unangenehm auffallen würden. Wenn man Make-up darüber schmiert, erkennt man sie nicht so doll, aber dann müsste man sich gleich die ganze Fresse färben. Sieht auch verboten aus, Klaus.

Der neue Chef von meinem Vater war hier. Irgendwas verzögert sich wohl mit dem Umbau unseres Ladens. Meine Eltern sind ziemlich aufgeregt deswegen. Was den Vorteil hat, dass über meine Sonette nicht mehr gesprochen wird.

In zwei Wochen bekommen wir Ferien. Ihr erst später, stimmt's? Denk daran, mir zu mailen, wann dein Turnier ist!

Klar, wir machen deine Homepage. Ist versprochen, Jochen! Aber du schuldest mir noch die Bettgeschichte mit Eronvika. Da lass ich nicht locker.

Cu

An maxschlieper@compi.com 30. Juni, 17:44
Hi, Max!

Jippiii! Berenice hat vom Krankenhaus aus angerufen. Camilla war dran, die Sumpfkuh. Kannst dir vorstellen, dass sie tierisch neugierig war ... Es geht ihr wieder gut. Berenice, meine ich. Sie kommt morgen schon raus und Samstag gehen wir spazieren! Ich hole sie um drei Uhr ab.
Habe sie noch schnell gefragt, ob sie es nicht schlimm findet, dass ich ein Dichter bin. Sie meinte: »Du bist voll süß!« Wahrscheinlich kann man es sich gar nicht leisten, ein Telefonmuffel zu sein, wenn man eine Frau hat, you know.
Dein Turnier ist also vom 23. bis zum 28. Okay, dann könnte ich am 29. nach Dingelstedt kommen. Ist dir das recht? Und deinen Eltern?

Cu

An maxschlieper@compi.com 1. Juli, 19:29
Hi, Max!

Zwei Neuigkeiten!
Zuerst die gute: Camilla hat sich entschlossen in

Freiburg zu studieren. Das ist wunderbar weit weg. Ziehe in Frieden, Nervzicke!
Jetzt die schlechte: Ich habe an meinen Pickeln so rumgequetscht, dass sich einer davon entzündet hat. Ich sehe aus wie Pommes rotweiß. Voll peinlich! Mit der Visage kann ich Berenice unmöglich so nahe kommen, wie ich mir das vorgenommen habe.

Übrigens: Ich habe meiner Mutter erzählt, ich hätte eine Freundin. Sie fand das ganz in Ordnung, meinte mir aber unbedingt stecken zu müssen, dass sie es nicht dulde, uns allein im Zimmer zu lassen, jetzt, wo sie wisse, was für Sauereien ich im Kopf habe. »Wieso Sauereien?«, habe ich gemeint, und darauf sie: »Ich habe da was im Mülleimer gefunden!« Ist klar, was. Die Präser. Ja, sag doch mal ehrlich, tickt die noch recht? Wer wühlt denn auch auf dem Boden einer Mülltonne rum? Wie entsorgst du eigentlich?

Cu

P.S. Wenn du mir nicht bald erzählst, wie ihr es getrieben habt, bin ich stinkig!

An maxschlieper@compi.com 1. Juli, 21:33
Hi, Max!

Es gibt schon wieder Neuigkeiten. Soeben habe ich gehört, wie sich meine Alten voll gefetzt haben. Verstehen konnte man nichts. Denn wenn sie Stress miteinander haben, verziehen sie sich immer ins Schlafzimmer. Irgendwann kam meine

Mutter stinkesauer raus. Ich bin dann zu Daddy hin, habe gefragt, was denn Sache sei, und da hat er es mir verraten. Er hat zwar bei der Zeitung angerufen, aber die müssen wohl versucht haben ihn umzustimmen. Meine Sonette gehörten angeblich zu den echt coolen Einsendungen und die Chance auf den Hauptpreis wäre gar nicht mal schlecht.

Daraufhin hat es sich Dad anders überlegt. Er findet die Sonette nämlich auch nicht peinlich. Und wenn es wirklich den Preis gäbe, dann bekäme ich ihn natürlich, auch wenn er ihn in Empfang nehmen müsste (wegen der Volljährigkeit, you know). Aber meine Mutter ist total dagegen. Sie will, dass er morgen wieder anruft und darauf besteht, dass sie die Gedichte zurückschicken. Sonst macht sie es selbst. Und wenn Mam was will, setzt sie das auch durch. Immerhin, ich fühle mich geschmeichelt in Dad einen Fan gefunden zu haben.

Cu

An maxschlieper@compi.com1. Juli, 23:04
Hi, Max!

Klar hat sich meine Mam durchgesetzt. Was denkst denn du? Dad will doch seinen lieben Frieden! Sonette adieu!
Ich komme also am 29. nach Dingelstedt. Überleg dir schon mal, welche Pics du in deine Page einbauen möchtest.
Was ich mit Berenice vorhabe? Na ja, es hängt davon ab, wie die Großpickellage aussieht. Küssen ist erst einmal Ziel Nummer eins. Ich sage mir immer: Jasper, sei vernünftig und verlange nicht zu viel von dir. Deshalb schiebe ich Ziel Nummer zwei erst mal auf: Berenice unter das T-Shirt zu fassen. Ziel Nummer drei kannste dir selber denken. Deshalb will ich jetzt endlich wissen, wie das zwischen Eronvika und dir abgelaufen ist, Kerl! Hau endlich rein, Max!

Morgen kann ich nicht mailen, ich muss mit meinen Eltern nach Frankfurt, wo die Hauptstelle der Lebensmittelkette ihren Sitz hat. Richtig in Schale, also weißes Hemd und so. Habe ich natürlich unheimlich großen Bock drauf. Das einzig Gute daran ist, dass ich nicht in die Schule muss.
Bleib sauber!

Cu

An maxschlieper@compi.com 2. Juli, 19:27
Hi, Max!

Die Tour war oberätzend! Kurz vor der Abfahrt habe ich erfahren, dass Camilla und Weichei auch mitwollten. Na super! Ich musste echt gegen das Kotzen ankämpfen. Drei Stunden Da-wie-doof-Gestank bei geschlossenen Fenstern, weil Lars mal wieder Last mit den Öhrchen hat, you know. Und was er doch für ein toller Otto ist! Der kann angeben, da würde selbst Thomas Gottschalk vor Scham erröten!
Warum ich eigentlich mitmusste, weiß kein Arsch. Denn Dad und Mam verschwanden ohne uns in dem Büro. Und wir durften eine halbe Stunde war-

ten! Ich bin in der Zeit Pommes essen gegangen. War ganz witzig, denn die Frittenbude lag in einer Straße, in der voll die Nutten rumstanden. Im Fernsehen habe ich schon mal welche gesehen, aber live noch nie. Könntest du dir vorstellen, es mit einer Nutte zu machen? Ich irgendwie nicht. Manche sahen so alt aus wie Oma in zwei Jahren. Ich habe jetzt nur noch eins im Kopf: morgen, drei Uhr! Camilla und Weichei haben auf der Rückfahrt mitgekriegt, dass ich das Date habe. Hätte wegen mir nicht sein müssen. Die blöde Kuh setzte prompt ihr Achgottchengesicht auf und trötete: »Und das mit den Pickeln!« Sie weiß nämlich ganz genau, wie sehr mir die Dinger verhasst sind. Immer schön Öl ins Feuer gießen, ja, ja, ja. Ich habe sie gefragt, ob sie nicht schon ein paar Wochen früher nach Freiburg ziehen kann.
Ich warte immer noch auf was, du weißt schon!

Cu

An maxschlieper@compi.com 2. Juli, 22:59
Hi, Max

Logisch mail ich dir hinterher. Ist doch Ehrensache! Ich bin ja nicht wie du und hüte die Geheimnisse der schärferen Art wie Tausendmarkscheine! Bis morgen!

Cu

Mittwoch, 7. Juli
Hi, Max!

Ich hoffe, deine Mam hat dir ausgerichtet, dass meine Kiste platt ist. Und das nur wegen Weichei! Camilla hat mich Samstagmittag gefragt, ob sie und Weichei ein bisschen Computer spielen dürfen, während ich mit Berenice unterwegs bin.
Ich glaube, ich muss voll schwachmatisch gewesen sein, dass ich ihr nicht einfach 'nen Vogel gezeigt habe. Ich Dödel sage auch noch Okay. Und kaum komme ich nach Hause, so gegen sechs, will die Kiste anmachen und dir mailen, da sehen meine müden Augen nur ein

paar Hieroglyphen. Um es kurz zu machen, Weichei hat es geschafft, die Festplatte zu formatieren. Ist dir klar, was das bedeutet?

Nüscht mehr drauf! Aber gar nüscht. Das Einzige, was er mir hinterlassen hat, ist eine Wolke Da-wie-doof. Alles, was der anfasst, stinkt schlimmer als eine Kuh hinten. Ich war so sauer, dass ich ihm und Nervzicke am liebsten die Klobürste durchs Maul gezogen hätte, aber die beiden waren natürlich nicht so doof auf mich zu warten. Und ich dachte, die Zeiten der Postbriefe wären zu Ende. Gar nicht gut, Helmut! Morgen kommt ein Bekannter meines Vaters und kümmert sich um meine Kiste. Er ist Programmierer bei der Sparkasse. Muss noch irgendwas anderes kaputt sein, denn Windows installieren und so kann ich eigentlich selbst. Klappt aber nicht.

Nun zum Wesentlichen! Um fünf vor drei habe ich bei Berenice geklingelt, trotz Pickel. Ja echt, ich habe zwar noch überlegt, ob ich das Date nicht lieber absagen sollte, mit den Fla-

den im Gesicht. Aber meine Mutter meinte, man sähe das gar nicht so, wenn man nicht darauf achten würde, außerdem hätten das ja viele in meinem Alter. Also bin ich hingegangen. Erst mal wollten ihre Eltern ein bisschen an mir schnuppern. Die sind aber ganz okay. Berenice und ich schwirrten dann ein Viertelstündchen später ab. Ich habe ihr das Wiedenbrücker Wäldchen gezeigt, das kannte sie noch nicht. Sie wohnt ja erst seit ein paar Wochen in Rheda und ich werde ihr jetzt mal so nach und nach die Gegend zeigen, glaube ich.
Zuerst war es ein bisschen komisch, einfach nebeneinander herzuschleichen, als ob man tatsächlich nichts im Kopf hätte außer Spazierengehen. Wir haben uns dabei über die Penne unterhalten. Auch übers Krankenhaus. Und über Heine und Rilke. Sie kennt beide, stell dir vor! Und dann fragte sie, ob ich noch ein Gedicht von mir mitgebracht hätte. Sie steht wohl sehr darauf. Hatte ich nicht, ich Blödmannsgehilfe. Mein Herz klopfte, als ob ich mitten im dritten Infarkt wäre, so viel Schiss hatte ich, endlich mal ihre Hand zu nehmen. Zum Glück wollte Berenice über einen gefällten Baum balancieren, der da dumm rumlag, und kaum war sie drauf, meinte sie, dass ihr

wohl doch noch etwas schwindelig wäre. Ich: »Komm, nimm meine Hand!« Und sie hat sie genommen! Am Ende des Stamms sprang sie runter und dann war es null Problem, ihre Hand einfach weiter festzuhalten.

Wir haben mindestens 19 Stunden kein Wort mehr gesagt. Dann fing sie auf einmal von meinen früheren Freundinnen an. Ich hatte voll vergessen, dass ich ihr neulich im Stadtpark vorgeschwindelt hatte, ich wäre schon mit Mädchen zusammen gewesen, also beziehungsmäßig, you know. Bin bestimmt rot wie eine Banane geworden, jedenfalls hat sie gegrinst und gemeint, ich wäre ja süß. Süß! Die blickt alles, Max. Ich glaube, der kann ich nichts vormachen. Auch dass ich sie küssen wollte, muss sie irgendwie gespürt haben, denn sie meinte, nun wäre es ja schon reichlich spät und sie wolle lieber nach Hause. Ob ich ihr beim nächsten Spaziergang auch ein paar Wege zeigen könnte, wo nicht so viele Leute rumlaufen? Ich sag dir, Max, die hat es kürbisdick hinter den Ohren! »Klar«, habe ich ihr geantwortet. »Wann?«

Und das ist jetzt der Haken an der Sache. Gestern konnte sie nicht, heute kann sie nicht, morgen kann sie nicht. Übermorgen kann sie auch

nicht und dann sind fast schon Ferien. Sie fährt mit ihren Eltern direkt von der Schule aus zum Flughafen Hannover: vier Wochen Kreta. Ob ich auch schon mal geflogen sei, wollte sie wissen. »Klar«, habe ich gesagt, »mindestens 100-mal.« Ich kenne niemand, der noch nicht geflogen ist. War mir echt zu peinlich, dass meine Alten nie mit mir Urlaub machen. Sie hat wieder so schelmisch gegrinst, genau wie nach der Sache mit den Verflossenen.
Tja, Max, so ist das. Dein sympathischer Vetter muss jetzt einen Monat lang warten, bis Berenice zurückkommt. Und wer weiß, vielleicht verknallt sie sich in der Zeit in einen Griechen, der weniger Pickel hat als ich! Dann werde ich der unglücklichste Mensch in ganz Rheda sein, und wenn nicht das, dann zumindest der unglücklichste in Deutschland. Sie hat allerdings versprochen mir zu schreiben.
Ich werde die Ferien wohl nutzen und an meinem Gesamtwerk arbeiten. Ein paar Gedichte auf alle Fälle. Und noch eine Idee: Ich schreibe meine Autobiographie! Damit kann man gar nicht früh genug anfangen, denn später, wenn man eh alt ist, hat man viel mehr Arbeit damit, all den Mist aufzuschreiben, den man verzapft hat. Außerdem bekommt man vielleicht Alz-

heimer und kann sich an nichts mehr erinnern. Wäre ja voll die Verschwendung dann!
Mal sehen, wenn die Kiste morgen wieder flott ist, können wir ja vielleicht noch mailen. Ansonsten sehen wir uns am 29. Juli in Dingelstedt. Endlich! Ich habe das Gefühl, wir kennen uns schon ewig.
Viel Glück und Spaß bei deinem Kickturnier!

Your sympathic Vetter
Jasper

An maxschlieper@compi.com 8. Juli, 16:31
Hi, Max!

Die Kiste läuft wieder, Gott sei's gepfiffen. Der Typ hat voll den Durchblick und ich bin wieder ein bisschen schlauer. Kann dir, wenn ich komme, ein paar einschlägige Tipps geben. Zum Beispiel eine kostenlose zweite E-Mail-Adresse, die man von jedem Computer aus nutzen kann. Ich habe meine schon beantragt.

Wie Berenice aussieht? Habe ich das etwa noch nicht geschrieben? Phantastisch! Man könnte sie mit Pamela Anderson verwechseln. Nur ist sie dunkler, ein bisschen kleiner und nicht ganz so dünn. So viele Falten hat sie auch nicht, ist ja klar. Und viel jünger ist sie, aber das ist ja logisch. Hoffentlich habe ich bald ein Foto, dann bringe ich es mit.

Der Umbau des Ladens fängt doch schon nächste Woche an. Ein einziges Hin und Her ist das. Mein Vater meinte heute beim Mittagessen, jetzt könne er ja endlich mal Urlaub machen. Was wir denn davon hielten zu verreisen? »Jippiii!«, habe ich gerufen. »Aber bitte mit dem Flieger!« Camilla und meine Mutter flippten fast aus. Sie wollen unbedingt nach Mallorca. Mich zieht da allerdings nichts hin, zumal Nervzicke gleich meinte, Weich-

ei käme bestimmt mit, wenn meine Eltern nichts dagegen hätten. Na ja, du weißt ja, wie meine Mutter auf den steht. »Klar«, sagte sie sofort, »wenn schon, dann alle zusammen.« Mein Vater sah nicht besonders begeistert aus, er fährt, glaube ich, auf den Ohrenpuler auch nicht so gesteigert ab.
Heute Abend tagt der Familienrat. Bin gespannt!
Wo ich hinwill, ist ja logisch: Kreta!
Ich melde mich nachher noch mal.

Cu

An maxschlieper@compi.com 8. Juli, 21:19
Hi, Max!

Hast schon wieder nicht in den Briefkasten geschaut, Braut! Aber egal, denn was ich dir jetzt erzähle, ist eh viel prickelnder.
Beim Abendessen (mit Weichei, kotz!) ging es voll rund. Dad hat erstaunlicherweise gesagt, er werde auf gar keinen Fall nach Mallorca fliegen, weil er da ja alle Leute wieder treffen würde, die er jetzt mal ein paar Wochen nicht sehen will. Sein Vorschlag: Skandinavien. Ach nö, ging gleich Camillas Gezeter los, da würde man ja gar nicht braun

werden und außerdem wäre es nicht warm und es würde da immer regnen. Weichei war der gleichen Ansicht – was für eine Überraschung!

Und dann haben sie sich angeschrien. Mam meinte, Dad könnte ja schließlich einmal im Leben auch der Familie einen Gefallen tun. Voll peinlich! Sie haben sich ins Schlafzimmer verkrümelt und da weitergestritten. Weichei schien das nichts auszumachen, der schob sich in aller Seelenruhe die Butterbrote rein.

Und jetzt halt dich fest: Nach drei Jahrzehnten kamen sie zurück und meine Mutter meinte allen Ernstes, sie wolle nach Mallorca, und wer nicht mitwolle, könne es ja bleiben lassen. Nervzicke und Weichei waren begeistert. Dad schaute mich an: »Und, Jasper, was machen *wir* dann?« – »Kreta!«, hab ich gesagt. »Wir müssen unbedingt mal nach Kreta!« 21 Stunden brüllendes Schweigen, bis Dad meinte: »Ja, wieso eigentlich nicht?« Der Streit hat ihm voll was ausgemacht, er war irgendwie traurig, glaube ich. Aber offenbar habe ich ihn unterschätzt, was seine Dickköpfigkeit angeht. Er war fest entschlossen nicht nach Mallorca zu fahren. Mir kann es recht sein, sehr recht.

Ich kann den alten Knaben von Minute zu Minute besser leiden. Bestimmt war er in den letzten Wochen so mies drauf, weil er den Ärger mit unse-

rem Laden hatte. Es gibt nur ein Problem: Ich komme jetzt doch nicht nach Dingelstedt. Hoffentlich bist du nicht sauer!
Es ist das erste Mal, dass ich richtig verreise, wenn man von den dämlichen Klassenfahrten absieht. Dad hat mir soeben einen Bildband von den griechischen Inseln gezeigt. Traumhaft, kann ich dir sagen. Genau das Richtige für einen Dichter. Schön einsam und so.
In den nächsten Tagen kaufen wir ein Handy, denn Dad meint, er müsse immer erreichbar sein. Wegen des Umbaus. Was sagst du nun, Gudrun?
Morgen mehr.
Noch dreimal Schule!

Cu

An maxschlieper@compi.com 11. Juli, 12:10
Hi, Max!

Leider kann ich dir noch nicht sagen, wie lange Dad und ich wegbleiben. Er kümmert sich heute um alles. Wenn es mit Kreta nicht hinhaut, will ich nach Italien. Das ist das Land, wo die Zitronen blühen, da kann man voll cool dichten!

Du bist ein bisschen stinkig, stimmt's? Ach Kerl, ich kann doch auch nichts dafür, dass wir endlich mal verreisen. Ich werde dir auf alle Fälle aus dem Urlaub mailen. Bestimmt gibt es da Städte mit Internet-Cafés. Und deine Homepage machen wir später. Wir bleiben ja nur zwei Wochen, vielleicht kann ich ja danach noch nach Dingelstedt kommen?
Ich würde Berenice so gern vorher noch küssen. Meinst du, ich sollte einfach da vorbeirutschen, um ihr einen guten Flug zu wünschen? Oder ist das zu peinlich, Heinrich?
Ich versuche ihr heute Abend ein kleines Abschiedsgedicht zu schreiben, das bringe ich ihr dann vorbei.
Noch zweimal Schule.

Cu

An maxschlieper@compi.com 12. Juli, 18:02
Hi, Max!

Jippiii! Mam, Camilla und Weichei haben spuckebillig einen Flieger für Mittwoch bekommen. Das bedeutet: Ab übermorgen sind sie weg! Wird das

ein himmlischer Friede sein in unserer Wohnung! Da kann ich sofort mit meiner Autobiographie anfangen. Dad und ich werden erst Ende kommender Woche fliegen können, weil er vorher noch viel zu erledigen hat (einmal muss er sogar noch nach Frankfurt und wird dort auch übernachten). Da fällt mir prompt ein, was du mit Eronvika erlebt hast, als ihre Eltern weg waren. Du kriegst doch hoffentlich keine Krise, wenn ich den Namen erwähne? Ich warte, Bonaparte! Meine Geduld hat aber schon gelitten.
Die Gelegenheit für Berenice und mich wäre supergünstig gewesen ... Aber da ist sie ja gar nicht mehr da.
Mein Abschiedsgedicht für sie ist fertig. Ich habe es extra mal nicht erotisch geschrieben, denn sie kennt ja die Sachen noch nicht, die ich ihr so gewidmet habe.
Einmal Schule noch. Aber da machen wir eh nichts mehr.

Cu

An maxschlieper@compi.com 13. Juli, 13:59
Hi, Max!

Hättest das Gesicht von der Sauerwein sehen sollen, als sie die Zeugnisse ausgeteilt hat. Als hätte sie eine Zitrone gefressen! Ich glaube, es wurmt sie tierisch, dass ich es gepackt habe.
Unsere Wohnung sieht aus, als ob wir umziehen würden. Überall liegen Klamotten rum, weil sich die Damen nicht entscheiden können, was sie mitnehmen wollen. Mam ist stinkig, weil Dad nicht nachgegeben hat.
Echt beschissen, es gab keinen Flug nach Kreta mehr. Dad hat es in zwei Reisebüros versucht. Und nicht nur nicht nach Kreta, nirgendwohin! Italien hätte mich ja auch angemacht. Aber Essig! Kein Flieger zu kriegen, außer nach Japan oder Afrika, und da wollen wir nun echt nicht hin. Jetzt nehmen wir Schweden. Na ja, ist mir auch recht.
Guck einer an, du bist ja auch neugierig! Und mich wochenlang auf deine Story warten lassen, das haben wir gerne! Nee, ich war nicht bei Berenice. Hatte keinen Mut. Aber jetzt werfe ich eine Münze. Kopf ist Nichthingehen, Zahl Hingehen. Kopf!

Cu

An maxschlieper@compi.com 14. Juli, 20:17
Hi, Max!

Ich hatte zwar Kopf geworfen, aber das war mir dann doch zu blöde. Man kann doch nicht, wenn einem die Liebe das Herz zerreißt, einer Fünfpfennigmünze gehorchen. Zu beknackt!
Das war vielleicht knapp. Eigentlich wären sie schon weg gewesen, aber Berenices Mutter hatte ihre Brille vergessen und sie mussten deshalb noch mal umkehren. Berenice ist knallrot geworden, als ich ihr den Brief mit dem Gedicht gab. Sie liest ihn erst, wenn sie auf Kreta angekommen ist, meinte sie.
Ich bin so traurig, dass ich glatt lachen könnte, wenn ich mir vorstelle, wie lange ich sie nicht wieder sehe!

Cu

An maxschlieper@compi.com 15. Juli, 10:01
Hi, Max!

Soeben rief Oliver an. Eigentlich gehe ich ja nicht ans Telefon, aber Dad hat mich dringend drum

gebeten, weil es was Wichtiges für ihn sein könnte. Ob ich übermorgen Zeit und Lust hätte mit ihm und Sarah in die Sauna zu gehen? Passt hervorragend, denn Nervzicke, Weichei und meine Mutter sind ja längst auf der Putzfraueninsel. Dad frage ich gar nicht erst. Der hat bestimmt nichts dagegen, dass ich mich mit Oliver treffe. Er konnte ihn immer gut ab. Vielleicht ist Dad sowieso in Frankfurt.
Wir haben jetzt übrigens ein Handy: (01 79) 545 48 78. Ich habe gelesen, dass man damit auch E-Mails empfangen kann. Wenn das wirklich klappt, erkläre ich dir noch, wie's geht.

Cu

An maxschlieper@compi.com 15. Juli, 23:04
Hi, Max!

Habe mit meiner Autobiographie angefangen. Ich glaube, das wird ein richtig dicker Schinken. Erinnern kann ich mich bis zu der Zeit zurück, als ich in den Kindergarten kam. Was davor gewesen ist, muss mir Dad erzählen, wenn wir in Schweden sind. Ich schreibe das Buch also von hinten nach

vorne und fange mit dem Wichtigsten an: Berenice.
Heute Nachmittag gehe ich in die Stadtbibliothek und leihe mir ein paar Autobiographien von berühmten Kollegen aus. Man muss ja beobachten, wie die Konkurrenz so arbeitet. Auf jeden Fall hole ich mir Goethes »Dichtung und Wahrheit«.

Cu

An maxschlieper@compi.com 17. Juli, 7:00
Hi, Max!

So früh habe ich noch nie eine Mail geschrieben. Grund: Ich habe es geschafft!

Cu

An maxschlieper@compi.com 17. Juli, 9:06
Hi, Max!

Was meinst du mit »Was???«? Was ich geschafft habe? Präsereinhandüberstülpung!
Bingo, Ingo?
Ich bin so spitz, Fritz! Und dann auch noch Sauna heute.

Cu

An maxschlieper@compi.com 17. Juli, 21:00
Hi, Max!

Du musst unbedingt auch mal in eine gemischte Sauna. Du hast ja geschrieben, dass du mit deinen Fußballkumpels schon mal beim Trainingslager in der Schwitzkabine gesessen hast. Aber mit Frauen ist das was ganz andres, Andreas!
Die Hitze ist überhaupt kein Problem. Ich habe in meinem langen Leben ja schon viele nackte Weiber auf Fotos gesehen, aber die reality ist viel besser! Ich musste mir mächtig Mühe geben nicht allzu auffällig zu glotzen, sonst wär es spargelmäßig voll peinlich geworden.

Sarah ist eine heiße Braut, kann ich dir flüstern. Sie hatte zum Glück nichts dagegen, dass ich sie mir etwas genauer angesehen habe. Vor allen Dingen ihre Dinger. Ich glaube, Oliver hatte ihr vorher gesagt, dass ich ein ziemlich verschärfter Erotiker bin. Sie hat so neckisch gezwinkert, you know.
Was es nicht alles gibt! Eine Frau lag da, die hatte unwahrscheinlich große Titten mit gepiercten Brustwarzen. Stehst du auf Piercing? Ich überhaupt nicht. In meiner Klasse ist eine, die hat ein Piercing durch die Zunge! Bäh! Würde ich nie küssen, mal ganz abgesehen davon, dass ich sie auch ohne das Ding im Mund nicht mal mit Handschuhen anfassen würde. Svenja Döll. Die war mal scharf auf mich. Mein größter Traum wäre es, mit Berenice zusammen in die Sauna zu gehen. Oh, das hätte was! Aber die liegt jetzt irgendwo auf Kreta am Strand und lässt sich womöglich von muskulösen Griechen bekriechen.
Um sieben war ich wieder zu Hause und Dad meinte, ich wäre schwimmen gewesen, wegen der Tasche und den nassen Haaren. Ich habe ihm gesagt, dass ich mit Oliver und Sarah in der Sauna war. Fand er cool. Wir nehmen in Schweden ein Haus, in dem auch eine Sauna ist. In einer Woche fahren wir übrigens los. Erst fünf Stunden Auto, dann acht Stunden Fähre, dann noch mal fünf

Stunden Auto. Warst du schon mal in Schweden? Nach der Eronvika-Story frage ich jetzt nicht mehr. Ist mir langsam zu blöd.

Cu

An maxschlieper@compi.com 18. Juli, 13:28
Hi, Max!

Ich kann ja verstehen, dass du mich beneidest. Aber im Grunde bin ich gar nicht zu beneiden. Die Frau meiner schlaflosen Nächte ist eine Million Kilometer von mir entfernt, Bernd! Das ist gar nicht witzig. Außerdem bist du kein Dichter, sei froh! Dichter sind nämlich fast immer kreuzunglückliche Zeitgenossen, weil ihnen die Welt und alles andere voll auf den Senkel gehen. Ich bin ein echter Dichter, ich merke es. Vielleicht bereite ich Berenice nur Unglück. Bestimmt passt ein Kerl, der Torschützenkönig werden kann und einen Witz nach dem anderen reißt, viel besser zu ihr. Habe gestern Abend ein Gedicht darüber geschrieben, das ich ihr gebe, wenn sie wieder in Rheda ist.

Cu

Fragen an mich selber
Von Jasper Moritz

Was willst du denn werden,
Wenn du es nicht bist?
Die Frage muss erlaubt sein!

Was verursacht dir Beschwerden?
Worin liegt am End der Zwist?
Muss ich überhaupt sein?

Den »Faust« schrieb schon der Goethe!
Ich weiß das und erröte.

An maxschlieper@compi.com 19. Juli, 17:39
Hi, Max!

Hast du vielleicht eine Ahnung, wie lange ein Brief von Kreta bis Rheda braucht? Ich habe nämlich noch immer keine Post von Berenice bekommen. Zwar hat sie nicht versprochen, dass sie mir sofort schreiben will, aber ein wenig Hoffnung darf der Mensch ja wohl noch haben, oder?
Worum geht es eigentlich bei deinem Turnier? Kann man da deutscher Meister werden oder so was?

Schade irgendwie, dass du wegmusst, denn wem soll ich E-Mails schicken, wenn nicht dir?
Die Autobiographie ist schon auf 22 Seiten angewachsen. Ich schreibe wie ein Besessener.
Was für ein Geständnis musst du mir denn machen? Bin gespannt, Praktikant!

Cu

An maxschlieper@compi.com 19. Juli, 23:29
Hi, Max!

Kann nicht pennen. Gut, dass du es gestanden hast! Natürlich bin ich nicht stinkig. Im Gegenteil, ich bin sogar erleichtert, dass du die meisten Sachen mit Eronvika erfunden hast, denn mein Neid war so groß wie der Kölner Dom bei Südwestwind. Habt ihr noch nicht mal ein bisschen gefummelt? Geküsst aber wenigstens doch, oder? Jetzt kannst du auch alles zugeben.
Antworte noch, bevor du zu dem Turnier fährst!

Cu

An maxschlieper@compi.com 20. Juli, 17:06
Hi, Max!

Na ja, macht doch nichts. Dann haben wir eben ungefähr gleich viel Erfahrung. Ich war meinem Alter immer schon Kilometer voraus, Klaus. Mach's gut! Viel Glück beim Toreschießen! Ich mail dir mal von einem Internet-Café in Schweden aus, wenn du wieder da bist. Und wenn wir keins finden, schreibe ich einen Brief (oje, den müsste ich ja wieder mit der Hand schreiben!!!).
Dad und ich wollen Donnerstag losfahren. Von Berenice noch immer keine Zeile.
Auch du wirst die Wonnen des Küssens bald erleben. Das sagen mir meine Erfahrung und Menschenkenntnis. Ich bin da voll zuversichtlich!

Cu

Samstag, 31. Juli
Hi, Max!

Ich hoffe, dein Turnier hat es gebracht. Was habt ihr eigentlich abends gemacht? Leichte bis mittelschwere Brautschau?

Hier in Schweden ist es super. Dad und ich haben ein eigenes kleines Haus mit Sauna. Es liegt direkt am See und ein Ruderboot gehört auch dazu. Man hat das Gefühl, man wäre ganz allein auf der Welt. Hier werde ich später leben, das steht jetzt schon fest. Tagsüber machen wir Touren oder fahren in irgendein Städtchen. Das nächste liegt ungefähr 30 Kilometer weit entfernt. Ich habe mich schon mal nach einem Internet-Café umgesehen, aber es gibt da keins. Dafür sind die Supermärkte viel geiler als bei uns.
Dad und ich verstehen uns sehr gut. Er erzählt mir Sachen, die ich für meine Autobiographie gut gebrauchen kann, Jan.
Ich wusste zum Beispiel gar nicht, dass Mam seine zweite Frau ist. Die erste wohnt jetzt in der Schweiz und hat da fünf Kinder. Kannste mal sehen: Um ein Haar wäre ich Schweizer geworden. Grüezi!
Dad macht sich ein bisschen Sorgen wegen des Ladens. Kann ich voll verstehen. Vorher war er der Chef, jetzt ist er Angestellter. Aber eigentlich ist das egal, denn außer ihm arbeitet ja niemand da. Wir hören jeden Abend mit dem Handy den Anrufbeantworter ab. Ist aber bis jetzt nichts drauf.

Ich unterbreche hier. Wir wollen mit dem Boot rausrudern, bevor die Mücken kommen. Die sind nämlich echt eklig. Danach gehen wir schwitzen.
Da bin ich wieder. So ein Mist, dass ich kein Foto von Berenice habe. Ob du es glaubst oder nicht, im Augenblick kann ich mich gar nicht genau an ihr Gesicht erinnern. Total verrückt! Trotzdem sehne ich mich nach ihr wie ein Alki

nach Eierlikör. Wenn sie jetzt nicht auf Kreta wäre, sondern in Rheda, würde ich mich hier bestimmt nicht so wohl fühlen. Aber da ist sie nicht. Was soll ich also zu Hause?
Ein neues Gedicht wird heute noch fertig. Es handelt von der Einsamkeit. Ein wichtiges Thema für Dichter. Es wird mein erstes ungereimtes.
Morgen fahren wir vielleicht nach Stockholm.

Dein sympathischer Vetter
Jasper

Einsam
Von Jasper Maria Moritz

Wie der Flasche der Korken
Und der Lampe die Birne,
Wie dem Auto das Öl
Und dem Pastor sein Kreuz,
Wie dem Park die Bank
Und der Bank ihr Kontoauszugsdrucker,
So fehlst du mir,
Berenice.

Montag, 2. August
Hi, Max!

Gestern habe ich den Brief abgeschickt, Benedikt. Der nächste Briefkasten ist nämlich fast zehn Kilometer entfernt, da geht man nicht mal eben so hin.
Good news oder besser: Jippiii! Ich glaube, ich fasse es nicht! Mein Daddy ist voll der Bringer. Ich hatte ja schon geahnt, aber irgendwie nicht wirklich gewusst, dass er so cool sein kann. Also: Kurz nach dem Frühstück heute Morgen, ich war gerade beim Spülen, klingelte das Handy. Dad ging ran. Ich konnte aber nicht rauskriegen, wer anrief, weil Dad bloß ein paar Mal »Was?« und »Das gibt's doch nicht!« sagte, bevor er vor die Tür ging. Ich hatte noch vor, ihn zu fragen, als er zurückkam, hab es aber dann verschwitzt. Als ich mit dem Küchendienst fertig war (wir wechseln uns täglich ab), sind wir mit dem Boot rausgerudert. Der See ist ein einziger Wahnsinn! Aber egal.
Ziemlich weit vom Ufer weg fing Dad auf einmal tierisch zu lachen an. »Norbert hat eben angerufen«, erklärte er, als er sich endlich wieder eingekriegt hatte. Norbert ist ein alter Freund von ihm. »Er hat mir gratuliert!«,

kicherte Dad weiter. Ich musste scharf nachdenken, ob ich womöglich seinen Geburtstag verschusselt hatte, aber das war es nicht. Er hatte ja vor ein paar Wochen erst seinen 44. gefeiert. »Und wozu?« Jetzt halt dich fest, Max: »Zu meinem wunderbaren Gedicht, Jasper!«
Ich glaube, ich habe ein Gesicht gemacht wie Lothar Matthäus, wenn er die Nationalhymne singt. Dad fand das auch noch witzig. »Was denn für ein Gedicht, Mann?«, habe ich gebohrt und da meinte Dad doch kackfrech: »Mein ›Erstes, sehr gelungenes Sonett‹!«
Vielleicht ist dir jetzt schon alles klar, aber ich hatte voll das Brett vorm Kopf und musste mir alles haarklein erklären lassen. Daddy, der Halunke, hat vor ein paar Wochen doch nicht bei der Zeitung angerufen und meine Gedichte zurückgepfiffen. Das hat er nur behauptet, um Mam zu beruhigen! Er hat eh nicht damit gerechnet, dass sie eine Chance auf einen Preis hätten. Aber denkste! In der letzten Samstagsausgabe waren meine Sonette abgedruckt und ganz Rheda hat sie wahrscheinlich schon gelesen. Norbert dachte natürlich, sie wären von Dad, weil ja nur J. Moritz darunter stand. Das denken bestimmt alle. Scheißegal. Mensch, Max, jetzt werde ich berühmt! Und Dad gleich

mit! Logisch, meine Mam kriegt voll die Krise, wenn sie das mit den Sonetten erfährt, aber besonders, wenn sie rauskriegt, dass Dad sie gelinkt hat. Die können wir einliefern. Zum Glück ist sie noch auf Mallorca, aber am Wochenende kommen die drei schon zurück. Dann ist erst einmal Stress angesagt, darauf kannst du einen lassen!
Wir bleiben noch zwei Wochen, Jochen. Es ist voll traumhaft hier! Ich schreibe abends an meiner Autobiographie und verfasse Gedichte wie am Fließband.
Sehen wir uns gegen Ende der Ferien in Dingelstedt?

Dein genialer Vetter
Jasper

Frühstücksglück

Ach, Mädchen, geiles Mädchen,
Was bist du nur so wunderschön!
Ich butter dir dein erstes Brötchen,
Wir werden dann schon weitersehn.

Bestimmt hast du es längst erkannt:
Ich bin dir lang schon nachgerannt.

Bestreich es dir mit Kümmel-Käse,
Bestreich es dick mit Leberwurst.
Drauf kommt noch mächtig Mayonnaise
Und ganz gewiss hast du auch Durst!

Bestimmt hast du es schon geahnt:
Ich hab mit dir den Tag geplant.

Verwöhne dich mit Milch und Nesquick,
Hab ich für dich selbst angerührt.
Ich hoff, ich werde dir nicht lästig,
Hab noch nie ein Weib verführt!

Bestimmt hast du dir's schon gedacht.
Komm, zeig mir, Mädchen, wie man's macht!

Probier mein Müsli! Schmeckt echt lecker!

Auch mein Milchreis tut dir wohl.
Sorry, ich renn grad zum Bäcker,
Noch zwei Semmeln schnell ich hol.

Bestimmt hast du es längst gehört,
Wie es in meinem Magen röhrt.

Du stehst auf Quark und Honig?
Das ist jetzt aber ein Problem!
Den hab ich nämlich sowieso nich.
Wäre auch Kompott genehm?

Bestimmt hast du mich angeschaut:
Ich bin doch wirklich gut gebaut?

Nein? Das ist aber jammerschade!
Was streich ich dir dann drauf?
Zur Not, sagst du, geht Marmelade?
Na, Gott sei Dank, hab ich zuhauf!

Bestimmt hast du es längst bemerkt:
Ich mag dich heute noch verstärkt!

Beiß rein, mein geiles Frühstücksmädchen!
Stärk dich, denn der Tag ist jung.
Ein quarkig Marmeladenbrötchen
Gibt dir Power, gibt dir Schwung.

Bestimmt hast du es längst gewusst:
Ich habe riesig auf dich Lust.

Warum plötzlich so eilig?
Was? Du willst schon gehn?
Ist dir denn gar nichts heilig?
Findest du's mit mir nicht schön?

Bestimmt hast du es längst geschnallt:
Ich bin verflixt in dich verknallt.

Komm, setz dich wieder, Mädel.
Du bist echt irre, supertoll.
Mir will es echt nicht in den Schädel,
Was ohne dich ich machen soll!

Bestimmt hast du es längst gesehn:
Ich hab seit Stunden einen stehn.

P.S. Dad und ich haben noch lange über die Dichtkunst gequatscht, und dabei stellte sich heraus, dass er früher auch geschrieben hat. So etwas erfährt man also mal ganz zufällig und nebenbei! Wenn ich will, zeigt er mir demnächst seine Gedichte. Klar will ich. Habe das komische Gefühl, er möchte auch gedruckt werden. Gesagt hat er es nicht, aber ... na ja.

An maxschlieper@compi.com 8. August, 14:47
Hi, Max!

Sitze in einem Internet-Café in Oskarsham. Es ist tierisch heiß! Ich bin vom Übelsten mit Mückenstichen übersät. Sind meine Briefe schon angekommen? Ich habe dir zweimal geschrieben!
Dad hat gestern mit Mam telefoniert. Sie sind spät in der Nacht heimgekehrt und haben vom Erotik-Preis noch nichts mitgekriegt, Gott sei's gepfiffen. Kann aber nicht mehr lange dauern, meint Dad. Hat voll Schiss und ist heilfroh, dass er jetzt nicht zu Hause ist. Irgendwer wird es Mam wohl erzählen und dann ist wahrscheinlich die Hölle los. Vielleicht sollten wir uns jetzt schon mal nach einem Exil umgucken. Bertolt Brecht hat es hier ja auch ein Weilchen ausgehalten. Na ja.
Mam hat ihm erzählt, dass zwei Briefe gekommen sind. Ein Brief von der Zeitung an Dad. Da wären ja bestimmt die zurückgeforderten Gedichte drin. (Au Backe! Wenn sie den öffnet ... Wobei es vermutlich mir den wenigsten Ärger bringt. Da muss wohl mein Dad seinen Kopf hinhalten. Gönnen tue ich es ihm allerdings nicht, weder dem Kopf noch dem Rest!) Der andere Brief ist viel wichtiger, denn der ist an mich adressiert. Von Kreta, you know!
Jetzt überlege ich mir, wie ich es meinem lieben,

guten alten Daddy beibringen soll, dass ich unbedingt zurückmuss. Denn er möchte natürlich gern noch bis nächsten Sonntag bleiben (wahrscheinlich am liebsten noch viel länger) und mit mir faulenzen, schwimmen, saunieren und sogar dichten. Ich nicht. Ist eigentlich voll öde hier in Schweden. Was soll ich noch hier? Ich muss dringend nach Hause!

Cu

Erhard Dietl

Das Leben ist voll hart

128 Seiten, ab 13 Jahren, ISBN 3 522 17347 3

FÜR MÄDCHEN VERBOTEN

Olli, Sänger und Gitarrist der „Comix“ und ein klasse Comic-Zeichner, schlittert von einer Katastrophe in die nächste: Den Mathelehrer als Nachbarn, Versetzungsgefahr in Verzug und dann auch noch die pferdebegeisterte Connie, Ollis erste große Liebe, mit der er seine Zukunft plant, bis sie plötzlich nur noch eine „normale Freundschaft“ will. Die pummelige Petra, die was von ihm will, ist da auch nur ein schwacher Trost. Der Auftritt der „Comix“ beim Schulfest scheint immerhin ein echtes Highlight zu werden – vielleicht sogar eine Chance, Connie zurückzugewinnen?

THIENEMANN